鸣川文集

白河之光

石中元 著

北京出版集团
北京出版社

图书在版编目（CIP）数据

白河之光 / 石中元著. —北京：北京出版社，2021.12
（妫川文集）
ISBN 978-7-200-16732-0

Ⅰ.①白… Ⅱ.①石… Ⅲ.①报告文学—中国—当代 Ⅳ.①I25

中国版本图书馆CIP数据核字（2021）第260029号

妫川文集
白河之光
BAI HE ZHI GUANG
石中元　著

*

北 京 出 版 集 团
北 京 出 版 社　出版
（北京北三环中路6号）
邮政编码：100120

网　　址：www.bph.com.cn
北 京 出 版 集 团 总 发 行
新 华 书 店 经 销
北京朝阳印刷厂有限公司印刷

*

787毫米×1092毫米　16开本　14.75印张　210千字
2021年12月第1版　2023年7月第2次印刷
ISBN 978-7-200-16732-0
定价：58.00元
如有印装质量问题，由本社负责调换
质量监督电话：010-58572393

"奶川文集"编委会

顾　　问：胡昭广　许红海　邱华栋　杨庆祥　杨晓升
　　　　　乔　叶　马役军　刘明耀　胡耀刚
总 策 划：赵安良
主　　任：乔　雨
副 主 任：高立志　高文洲　赵　超　周　诠
主　　编：乔　雨
副 主 编：周　诠
编　　辑：谢久忠　林　遥　周宝平　许青山　张　颖

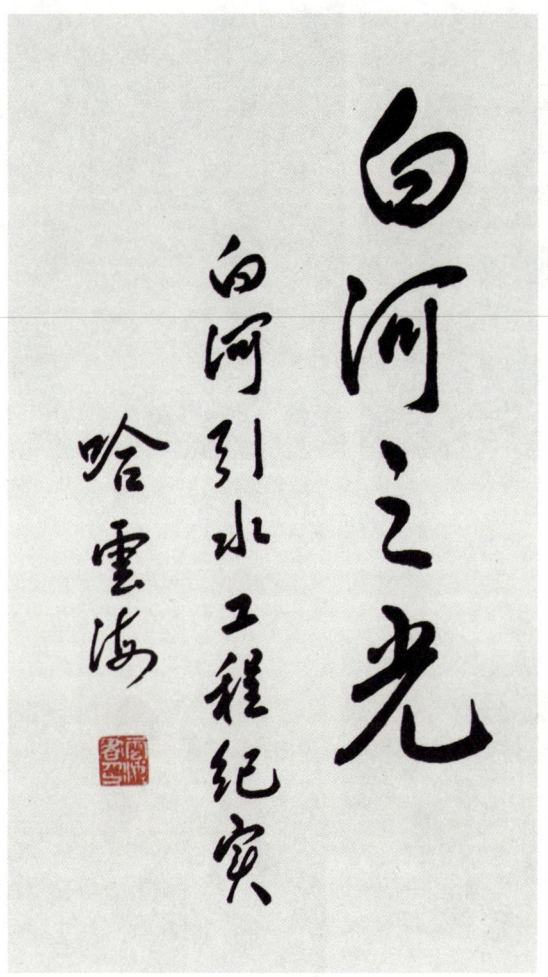

哈云海题字：白河之光——白河引水工程纪实

白河工地测量现场

白河工地施工现场

003

白河大坝施工现场

白河工地吊桥

白河引水工程业余文艺宣传队播音员

仓库连的后勤保障

白河工地指挥部领导班子政治学习

白河隧洞竣工剪彩

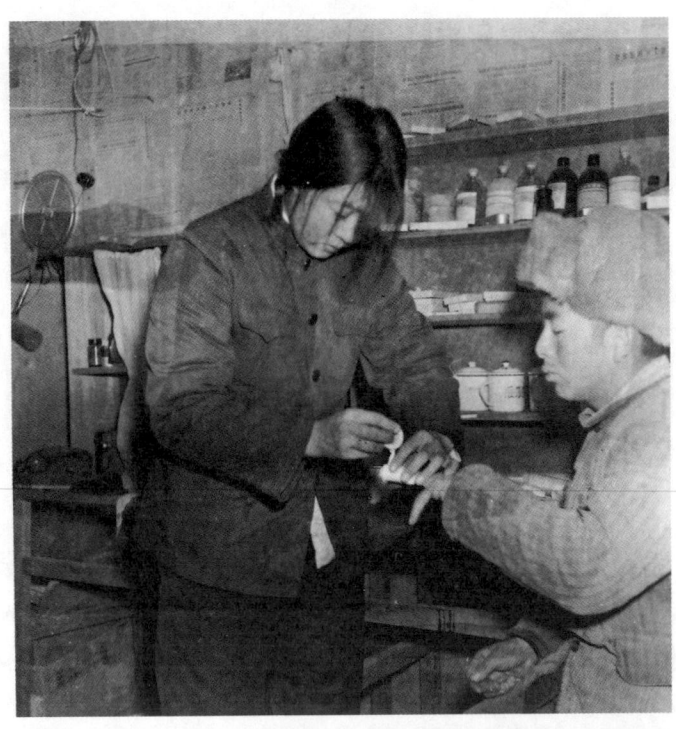

白河工地医务人员

白河引水工程业余文艺宣传队队员在自制炸药

序

飞雪迎春到

  2022年，四年一度的冬奥会即将在北京举行，届时大会将上演一场拥抱冰雪的激情盛宴，而最令人感奋的高山滑雪等精彩项目是在延庆境内北京第二高峰海陀山上举行。为迎接冬奥会来临，中国国际文化交流基金会妫川文学发展基金管委会、延庆区作协联手北京出版集团编辑出版了这套大型丛书"妫川文集"，以之作为盛会文化礼品，这是一个非常值得称赞的文化创意。

  延庆，古称妫川。28年前，我任北京市副市长的时候主管科技、教育，多次到过延庆，结识了一些文化、科技、教育工作者。特别是1997年兼任北京控股集团有限公司董事局主席时，吸纳八达岭旅游公司加盟北控在香港成功上市，进而收购龙庆峡、开发玉渡山风景区之后，跟延庆的联系就更紧密了。延庆是个被历史文化深深浸润着的地方，缓缓流动着的古老妫水，炎黄阪泉之战的古战场，春秋时期山戎族遗迹，古崖居遗址，饮誉海内外的八达岭长城，厚重的历史人文和钟灵毓秀的山川，滋润着这片土地，也滋润着这里文化的传承和发展。

一转眼快30年了，无论我在北京工作，还是后来到香港工作，我对延庆的文化、科技、教育发展始终投以关注，也相知、相识了一批默默推动文学艺术发展的有志之士。延庆乡土作家孟广臣同志是个代表人物，20世纪50年代曾出席过全国文联代表大会，受到过毛泽东主席和周恩来总理的接见，出版过许多颇有影响的文学作品，他影响和培养了一大批文学爱好者，对当地的文化发展做出了卓越贡献。

而更重要的是，坚持推动地区社会主义文化艺术繁荣发展，一直为延庆区委、区政府所高度重视。据了解，延庆区作协成立较晚，但是最近5年，在党和政府的大力支持下，他们做了许多事情，在对重点作家进行培养、助力文学新人成长方面，打造了一种积极热情的社会氛围。特别是在挖掘弘扬延庆红色文化方面，做出了不俗的成绩。在这里，还要特别提到一位也曾在延庆工作过的乔雨同志，他当时是我们北京控股集团有限公司董事局最年轻的执行董事、八达岭旅游公司董事长，也是中国作家协会会员。乔雨在诗歌、散文、纪实摄影创作方面成绩斐然，先后在伦敦、巴黎举办了"行走中国"个人摄影展。更重要的是，他对延庆当地文学艺术创作的发展，发挥了承前启后的推动作用。

进入21世纪以来，当代文学创作多少受到了经济发展的冲击，延庆也一样。这个时候，在相隔10年的时间里，乔雨先后主编出版了《妫川文学作品精选集》《妫川文学作品精选集（2001—2011》。前一套汇集了1950年至2000年80余位延庆籍作家的260余篇作品，后一套汇集了21世纪前10年的佳作，计有135位延庆作者的500篇作品选入。这两套书的出版，在当地产生了较大的影响，团结和发现了一批文学创作者，激励和调动了他们的创作热情，这些人中的佼佼者先后加入了北京作家协会和中国作家协会，成为当今妫川文学创作的中坚力量。

还有，在乔雨的积极奔走努力下，2018年夏天，中国国际文化交流基金会专门为延庆设立了"妫川文学发展基金"，资助延庆作家出版图书；设立妫川文学奖，每两年评选一次；激励、支持延庆作家和文学爱好者进行文学创作，冲击国内外大型文学奖，从而促进延庆作家创作出具有时代意义和世界眼光的精品力作。这对延庆的文学艺术发展，是一件功在当今、泽及后人的事情。据了解，这个基金成立后作用显著，已经有19位作家正式出版了个人文学专集或获奖。以上这些都为本次大型丛书"妫川文集"的诞生，奠定了坚实而重要的基础。

文学，作为文化重要的表现形式，在德化民风、善润民心方面发挥着不可替代的作用。延庆正是因为有了像孟广臣、乔雨、赵安良、周诠、谢久忠等一大批埋头苦干、默默耕耘者的无私奉献，才推动了妫川文学大发展、大繁荣。

本次编辑出版的"妫川文集"，是对延庆文学创作的一次大检阅和汇总，也是延庆经济和文化共同繁荣发展的一个标志，更是当代延庆文艺工作者留给历史的文学记忆。本文集精选了乔雨、石中元、陈超、华夏、远山、谢久忠、郭东亮、周诠、林遥、张和平、浅黛11位作家的文学作品，以个人单集的形式出版，汇成文集。石中元创作的报告文学《白河之光》，真实再现了"南有红旗渠，北有白河堡"的历史画卷，是记录妫川儿女在那个火红的社会主义建设年代中埋头苦干、默默奉献的群英谱；郭东亮主编的《妫川骄子》涉及古往今来41位延庆籍人物，从侧面反映了延庆的历史发展进程；周诠的《龙关战事》收录了近年来他创作并在《解放军文艺》等期刊发表的5部中篇小说，基本代表妫川小说的水平。"妫川文集"收录的作品包括诗歌、散文、小说、报告文学、摄影作品，大部分都是在全国文学期刊和报纸上发表过的，有不少曾结集出版，其中还包含了许多曾获得过全国奖项的作品。它不仅能够体现一个地区的文学水平，其中有的作品甚而达到了中国当代文坛的艺术水准。

伟大的时代需要创造伟大的业绩，伟大的业绩需要伟大的作品来讴歌和表达。新的历史时期，以习近平同志为核心的党中央高度重视社会主义文艺工作。习近平指出："文艺是时代前进的号角，最能代表一个时代的风貌，最能引领一个时代的风气，实现'两个一百年'奋斗目标，实现中华民族伟大复兴的中国梦，文艺的作用不可替代，文艺工作者大有可为。广大文艺工作者要从这样的高度认识文艺的地位和作用，认识自己所担负的历史使命和责任，坚持以人民为中心的创作导向，努力创作更多无愧于时代的优秀作品，弘扬中国精神、凝聚中国力量，鼓舞全国各族人民朝气蓬勃迈向未来。"引导广大文艺工作者，也包括入选本文集的延庆籍的作家们，应充分意识到重任在肩，时不我待，要结合实际，深入生活，扎根人民。为人民书写，为人民立传，为时代放歌，创作出更多无愧于时代的优秀作品，推动社会主义文学艺术繁荣，这不仅是我们的责任，更是我们的光荣使命。

古往今来，包含民族精粹的博大精深的文化和当代的文学艺术，都是推动社会发展进步的重要动力。我深信，这套大型文集的出版，无论是对宣传延庆、展示延庆，提升延庆的知名度和美誉度，还是对延庆文化的传承创新以及经济社会发展，都将产生积极而深远的影响，也为实现首都"四个功能"战略定位贡献一份力量。

是为序。

胡昭广
2021年金秋于北京

注：
胡昭广，北京市原副市长，中关村科技园区第一任主任，（香港）北京控股集团有限公司董事局主席，京泰集团董事长，中国国际文化交流中心顾问。

目录

001　引言　揭开神秘的面纱
　　　　　——鲜为人知的燕山天池

第一章　白河大禹

007　第一节　王虎在延庆
011　第二节　郭春云总指挥侧记
016　第三节　许丛林的白河生涯
025　第四节　白河群英会

第二章　白河怒吼

029　第一节　誓师大会
034　第二节　众志成城斗洪水
040　第三节　白河光荣榜

第三章 白河隧洞

- 047　第一节　1971 年
- 051　第二节　1974 年
- 055　第三节　1975 年至 1978 年
- 061　第四节　白河隧洞竣工通水
- 064　第五节　我是白河人

第四章 白河歌声

- 069　第一节　激情岁月
- 072　第二节　激情飞扬
- 076　第三节　优雅举止
- 079　第四节　平平淡淡

第五章 白河互助

085　第一节　白河工地"八大员"
090　第二节　仓库连的后勤保障
093　第三节　团结友爱　凝聚精神
099　第四节　八方支援

第六章 白河大坝

105　第一节　溢洪道
110　第二节　白河引水工程
115　第三节　风雪再卷征程　暴雨重洗硝烟

第七章 白河干渠

127　第一节　干渠场景
131　第二节　引来一渠水　换来万担粮
139　第三节　科学调节水源　建设美丽家园
142　附　致青春——白河儿女颂

第八章 白河生活

149　第一节　"拍婆子"在白河旁……
153　第二节　白河放映队
157　第三节　农民学校
160　第四节　巾帼须眉
165　第五节　喜乐有分享　冷暖有相知

第九章 白河人物

169　第一节　白河汉子素描（一）
177　第二节　白河汉子素描（二）
184　第三节　南有红旗渠　北有白河堡

第十章 拾遗补阙

199　第一节　扬清激浊　补阙拾遗
201　第二节　活得有尊严　干得有奔头
204　第三节　碧波银浪　白河诗篇（1978年）

206　附一　延庆欢迎您
　　　　　——记"延庆精神"的形成和普及
212　附二　时下更需要白河精神
214　跋　用白河精神写白河人

引言　揭开神秘的面纱
——鲜为人知的燕山天池

从地图上查找，白河堡水库到天安门广场直线距离为107.5千米。其间，途经延庆区、昌平区、海淀区、西城区。白河堡水库位于北京市延庆区香营乡北部，毗邻延庆世界地质公园千家店园区。2013年9月，延庆世界地质公园以独特的地质遗迹、历史人文和优美的生态环境，成功入选联合国教科文组织世界地质公园网络名录，被授予"中国延庆世界地质公园"称号。

2019北京世界园艺博览会（简称世园会）的承办地位于延庆，2022年即将开幕的第24届冬季奥林匹克运动会（简称冬奥会）是北京冬奥会建设难度最大的赛区。为了保障世园会、冬奥会的成功举办，妫川的山更绿、水更清、空气更清新了。延庆是北京的上风上水之地，是首都生态涵养发展区，而白河堡水库为延庆生态涵养提供了水资源保证。

延庆地处北京西北，境内多高山，河流、泉涧遍布山川沟谷，纵横交错，是首都的主要水源地和生态屏障。资料显示，境内仅4级以上河流就有妫水河、白河、黑河等46条，河流总长达700余千米，流域面积达4000余平方千米。

漫步在北京延庆城区宽阔的街道上，绿地遍布，花团锦簇，一座清新优美的小城掩映在绿树丛中。延庆城区中心的妫水公园，仅水面就有5000

亩[1]，是北京最大的水上公园。一城山水半城园，山、水、园、林相映成趣。也许，你想不到这一湖碧水、润泽妫川大地的水之源头，便来自于白河堡水库。

白河发源于河北省沽源县丹花岭九龙泉，是潮白河水系的主要源头，为北京市延庆区东北部山区最大水系。白河经一路峡关隘口之后，由赤城县流入延庆区，境内全长80千米，沿途有6条支流汇入，自千家店镇摩天岭出境进入怀柔区，再经怀柔区进入密云区四合堂乡，至石城镇注入密云水库西北端，出水库西南端调节池大坝后，向南流到密云城南十里堡，汇入潮河。两河交汇后，始称潮白河。潮白河向西南再经怀柔区入顺义区境内，沿通州区东界南流入河北省潮白新河，至天津市注入渤海。白河在北京市境内流域面积达5400多平方千米。

站在佛爷顶山的山顶，向南放眼望去，滔滔白河水顺流而下，日夜奔流，宛如一条穿峡越障的巨龙奔腾于大山之中……

白河堡水库的补水渠将白河水引到延庆母亲河——妫水河，途经延庆城区，然后西流至官厅水库。补水渠的渠首连接白河堡水库输水隧洞调节池，渠尾至聂庄村南。白河堡水库承担着向密云水库、十三陵水库、官厅水库和妫水河供水的任务。2019年后，白河堡水库的一泓碧水又增加了一项功能——保障世园会、冬奥会的景观用水。

白河堡水库是一座跨流域水利枢纽工程，上连河北赤城，下接京门要塞，为北京市最高的一潭水。地形狭长的白河堡水库，藏在群山之中，一时很难看到全貌，一直延伸到京冀边界。它有一个如诗如画的名字——燕山天池。在崇山峻岭中静谧的白河堡水库为什么叫燕山天池？来，让我们揭开这个神秘的面纱。

白河堡水库得名于明代要塞靖安堡。靖安堡因扼守白河峡谷，俗名白河堡。白河堡水库是北京第五大水库和海拔最高的水库（560米）。水库

---

[1] 1亩≈666.7平方米。

位于延庆区东北山区的白河上游，距北京市区110千米，距延庆城区30千米。白河堡水库依河而建，将一条千古流淌的白河截流于深山峡谷之中。因水库依白河而建，是一座在白河干流上的人工水库，故称白河堡水库。

白河堡水库是一座跨流域沟通官厅、密云两大水库，对水资源进行合理调配的重要水利枢纽，也是一项集蓄水、调水、拦洪、养殖、发电、旅游于一体的大型水利工程。白河堡水库于1970年9月正式开工，1983年7月竣工，整个工程历时14年。水库主要设计包括大坝、溢洪道、输水隧洞、泄洪洞等。工程按百年一遇、千年校核的标准修建，控制流域面积达2657平方千米，蓄水面积达530平方千米，设计总库容达9060万立方米。

白河堡水库群山环绕、松涛掩映，像一颗嵌入大山怀抱的珍珠，闪耀着迷人的光芒。春景秋色，醉人眼目，北国风光尽含其中。因地处燕山腹地，水明如镜，景色秀丽，故有燕山天池之美誉。

白河堡水库不仅是北京地区重要的水资源调配枢纽，白河大峡谷更是北京地区不可多得的高山峡谷景观。这里重峦叠嶂，山水相依，库区风光随季节而变换：春季，山花烂漫，候鸟栖枝，生机盎然；夏季，蓝天倒映，清风习习，水库平均气温20摄氏度，是休闲避暑的好去处；秋季，一汪碧水，波光粼粼，雨天"仙境朦胧"，晴日"碧空万里"；冬季，白雪纷飞，松涛积雪，别有韵味。一年四季呈现出不同的景致和色彩，用"燕山天池"来形容白河堡水库再合适不过了！今天在水库的两侧还能看到高高的烽火台，而水库东边的山脊上一道用毛石砌筑的长城连绵起伏，那就是明代外长城的遗迹，引人遐思无限……

第一章

白河大禹

第一节　王虎在延庆

　　巍巍太行山，流传着许多中华民族的动人故事：盘古开天、精卫填海、愚公移山、西门豹治邺……中华民族优秀文化的精神内涵，为林县（今林州市）这片土地注入了英雄气、民族魂，其中盘绕在半山腰上的红旗渠孕育的"自力更生，艰苦创业，团结协作，无私奉献"精神更是响彻整个中华大地。红旗渠位于河南省林州市，是20世纪60年代林县人民从太行山腰修建的引漳入林的工程，被人称为"人工天河"。2017年12月，红旗渠入选国家教育部第一批全国中小学生研学实践教育基地、营地名单。

　　从红旗渠走出了4位林县人。20世纪50年代至70年代，他们分别在福建、河南、北京延庆县任职：马兴元（曾任林县县委书记、福建省委书记）、谷文昌（曾任东山县委书记）、杨贵（曾任林县县委书记）、王虎（曾任延庆县委书记）。他们用实干谱写了属于自己的生命壮歌。

　　2018年2月1日，人民论坛网刊文《从林县走出的四位县委书记》，其中介绍了王虎。王虎，河南省林州市采桑镇人，1926年9月出生，1944年参加革命工作，曾任福建省东山县二区区委书记、华安县委书记、北京市延庆县委书记，北京市农林局、林业局党组副书记、副局长，1987年离休。2015年9月3日，在北京天安门广场举行纪念中国人民抗日战争暨世界反法西斯战争胜利70周年大会时，王虎作为中央组织部邀请的抗战老同志代表登上嘉宾观礼台。2015年8月，林州市先后选派13名干部到延庆区挂职锻炼，学习延庆区先进的发展模式、生产技术及管理经验，架起了两市区友好合作的桥梁。

1966年8月，王虎作为福建省委推荐的3位县委书记之一，从福建省北调北京市延庆县任县委书记。延庆地处北京市西北部，是全市最穷的一个远郊县。延庆县东邻北京怀柔区，南接北京昌平区，西与河北省怀来县接壤，北与河北省赤城县相邻，距北京德胜门74千米，平均海拔500米以上。延庆属于东高西低的口袋型盆地，位于北京五大风口之一的狼山风口的下游。这里秃山荒岭、植被缺少，多风少雨、旱灾频发，冰雹灾害时有发生。40年前，八达岭长城脚下的延庆康庄，风一刮就黄沙满天、飞石乱滚，百姓生活苦不堪言。

王虎性格爽朗，做事干脆利落，有主见。他阅读了延庆的史料，发现延庆地区因水患、旱灾带来的灾害时有发生。自明代中叶到1966年，有记载的较大规模的水患灾害就达数十次，重大旱情达30多次，给人民的生命财产造成了极大的损失。因此，必须加大水利建设力度，才能防止水患，兴利除弊。

王虎考察了延庆的地势：地处长城以北，号称塞外，延庆盆地三面环山，一面临水（东、北、南三面环山，西临官厅水库）。延庆有两座大山：一是坐落在延庆西北的海拔2234米的海陀山，为北京第二高峰、延庆第一高峰；二是坐落在延庆东北边的佛爷顶，海拔1253米，是妫川盆地周围的第二高峰。佛爷顶因山顶曾建有古寺而得名，山体为南北走向，南部山体高而陡峭。佛爷顶与暴雨顶共同构成了永定河与白河的分水岭。多年来，人们一直盼望着能够"白河渠水后山来，一头撞开佛爷崖"。早在1956年，白河引水工程就被列入《国家水利部潮北河沿岸总体规划》，这是历史上第一次确定要在白河堡修建水库，将白河水引到延庆川区。1958年10月，延庆县从河北省划归北京市。为了给十三陵水库补水，北京市规划局、北京市水利勘测设计院对坝址及引水线路进行勘探设计。

延庆地域总面积1994.88平方千米，其中山区面积占72.8%，平原面积占26.2%。域内虽然河流众多，但基本上处于未开发状态。

佛爷顶山脚下的白河，是延庆北部山区的主要过境河流。白河自燕山山脉西北引泉而出，蜿蜒百里，水量丰富，水质好。千百年来，白河水白白地从延庆东北部流过，而仅与佛爷顶一山之隔的延庆川区，却有几十万亩土地干旱缺水。若在那儿筑起一道大坝，河水不再改道，山洪不淹农田，那么"养鱼发电通舟楫，碧波千顷灌田园……"的景象将会变成活生生的现实。

王虎调查了延庆的现状：大部分地方是山秃水枯，瘠土薄地，"夏洪秋旱受灾殃，半年糠菜半年粮"。延庆虽是一个农业县，但拦蓄调洪能力很低，水旱灾频繁，基本是靠天吃饭。特别是延庆划归北京市以前，农民穷得甚至连盐都买不起。

缺水，让延庆人民承受了太多的苦痛。古时，延庆水资源丰富，常发生水涝。随着气候变化，时间推移，延庆又变成了一个缺水地区。对于那些缺水的村落来说，有水喝，有好水喝，几乎是一种奢望，更是几代人为之奋斗却始终无法实现的夙愿。

中华人民共和国刚成立时，调查数据让人触目惊心：当时延庆县有12万人，其中14个村没有水源或离水源过远，5915人饮用水困难，平均每100个人中就有5个人处于常年缺水状态。当时，黑汉岭乡黑汉岭村和刘斌堡乡刘斌堡村冬天靠积雪融水，夏天靠下雨存水。老天不下雨、不下雪的时候，村民就得翻山越岭到山沟驮水、背水。缺水最严重的黑汉岭乡石碴村，甚至要到30里①开外的地方去驮水。有牲口的家庭还好一点，没有牲口的家庭只有靠人背。四海乡三楼村等村，饮用水要到4里外的郭家湾村去驮、去背。村民李明山从10岁开始背水，一直背了72个春秋，压弯了脊背。由于吃水困难，人们甚至不敢多吃咸东西，怕渴了没地方喝水。

---

① 1里＝500米。

由于饮食长期偏淡，体内缺碘，有些人得了"大脖子病"。在当地有"吃水贵如油，辈辈都发愁；旱天渴死牛，日日为水忧；姑娘不愿嫁，光棍户户有"的顺口溜。由于水的来之不易，邻里间有"借一瓢水非还不可"的风俗。

水，沉甸甸地压在王虎的心头，"延庆与林县有太多相似之处"。他的家乡林县位于太行山东麓，境内山高岩陡，土地瘠薄且严重缺水，是河南省有名的山区贫困县之一。穷并不可怕，最重要的是要懂得自救。如果每一个人都想把自己拯救过来，那么这个世界就有救了。《国际歌》歌唱自己是自己的主人，在现实社会里，真正的救世主是自己。林县自从修了红旗渠，林县人民的命运就掌握在了自己的手中。如果延庆人民修建了白河堡水库，劈山造洞、引水入川，延庆将成为塞外小江南！这不就是北京市的"红旗渠"吗？到那时，远、冷、风、沙、穷将不再是延庆的代名词；在外人面前，延庆人也不再觉得比人家矬三分，更不会有人到了北京城，羞于说自己是延庆人，而是回答人家自己是天津人。

干！艰苦奋斗，自力更生，白河堡水库一定要建成！壮心不已走白河，青春浩气踏妫川。1967年至1970年，在王虎的主持下，延庆县用几年时间完成了白河引水工程的立项、规划和各项前期准备工作。为扭转22万延庆人民恶劣的生存环境，解决34万亩农田灌溉，1970年年初，全县人民总动员，发出"团结治水同心干"的号召，开启了历时14年，累计3万余人次参加的白河引水工程。

第二节　郭春云总指挥侧记

　　天时不如地利，地利不如人和。人是世间第一宝贵的财富。只要有了人，有了好的领路人，多少人间奇迹都可以创造出来。"得一官不荣，失一官不辱，勿道一官无用，地方全靠一官；穿百姓之衣，吃百姓之饭，莫以百姓可欺，自己也是百姓。"急百姓之所急，是人民公仆的使命所在。忧百姓之所忧，永葆为人民服务的本色，是修建白河堡水库成功的关键。在一段时间里，延庆县委书记王虎思考最多的是：白河引水工程将要上马，领导班子怎么搭配？到哪里去找人才，去找想白河之所想、急白河之所急的好干部？

　　白河引水工程指挥部成立后的第二年，总指挥刘明调走了。1971年，郭春云担任总指挥，直到1978年14里的白河隧洞完工后，才离开白河工地。郭春云在白河工地担任总指挥8年，立下了汗马功劳。遗憾的是，在我写作此文时，手中没有任何有关郭春云的文字资料。写作此文最大的困难是：人难找，物难寻！由于时间久远，当事人最小的60多岁，最大的年近百岁，且有许多人已不在人世。到2019年4月我写作此文时，郭春云总指挥已去世33年了。

　　庆幸的是，在当年的白河人王平女士的多次联系下，2019年5月3日，我终于与郭总指挥的长子、年过花甲的郭志军见面并长谈。

　　郭春云，延庆香营村人。1945年5月参加革命工作，历任抗日游击队队长、区长，延庆县农村工作部部长、副县长，白河引水工程指挥部总指挥，延庆县政协副主席等职。1945年郭春云参加革命时，在佛爷顶一带打游击，曾任延庆县抗日救国敢死队队长。当时，香营村参加抗日战争的有"四郭"（郭春云、郭春昌、郭春凯、郭清振），人称"四条汉子"。他们惩恶霸、除汉奸，威震一方。"正因如此，后来在'文化大革命'中，有人把我父亲关起来。墙壁上贴的大字报说，他手上沾满鲜血，有七八条人命。"

有一次，日本兵突然袭击香营村。当汉奸带着日本兵破门而入时，郭春云敏捷地从窗口跳了出去，逃脱险境。此后，他多次避开敌人的埋伏，其凶险可想而知。在那提着脑袋过日子的年月，郭春云由于精神长期高度紧张，后来患了严重的心脏病。他的大腿上有两处枪伤。由于经常钻山沟、睡山洞，他患有风湿性关节炎等多种疾病。郭春云终年劳累，于59岁时病逝在工作岗位上。去世时，延庆县为他举行了最高规格的追悼会。郭志军亲手将鲜红的党旗覆盖在自己父亲的遗体上。

1949年新中国成立后，郭春云骑着一辆绿色的自行车，背着一支大盒子枪，一天到晚地上山下乡，走村串户。他和蔼可亲，平易近人，老百姓说他没有一点儿架子，走到哪儿都说说笑笑。一群人围着他七嘴八舌，发出欢乐的笑声。直到现在，老一辈延庆人提起郭春云县长："那人爱民如子！"这种说法是旧时代的腔调，但反映出的正是他人民公仆的形象。

有一年春节，他们一家人正在小平房里吃饭。城关镇胜利街一个姓段的男子拿着空口袋来了。郭春云忙放下碗筷，问道："你要没吃饭，给你添双筷子！"那人不好意思地说："我拿点粮食就走。"在郭志军的印象中，那人逢年过节便会过来，还在家中吃过饭。郭春云从粮食并不多的米缸中舀出点粮食来，有什么便给他什么。当时粮米定量供给，郭志军兄妹几个常常吃不饱饭。郭春云见一家人对此不满，便说："我少吃一口，就补齐了。不论怎样说，我们比老百姓家强一些。"

"文化大革命"开始后，郭春云等人是延庆最早受到冲击的一批老干部。他被关在县政府院子烧锅炉的一个房子里,被逼着交代问题。郭春云的母亲也受到牵连,被关起来。郭志军当时10岁,带着下面的3个兄妹逃难到西二道乡东沟村,到姥姥家住了半年,郭志军看护着只有3岁的弟弟。郭春云白天戴着高帽,游街示众,晚上交代问题。郭春云怎么也想不通:自己当年抗击日本兵,保家卫家、铲奸除霸却成了反革命?一夜之间,他的额头上长出了一片白发。郭春云承载了太多苦难,付出了太多代价。郭志军探视时,只能从窗户里看几眼父亲,因年纪小,郭志军的脚底下要垫上两块砖头才能从窗口看到父亲。突然看到父亲头上生出白发,郭志军心中无限凄凉。从此,额头上面的那片白发,伴随了郭春云一生。

1969年,郭春云从"牛棚"里被解放出来了。当他担任白河引水工程指挥部负责人时,已是心力交瘁。县委书记告诉他说:"白河工地要人,你尽量挑选。要钱没有,要物更没门儿。"当时的延庆县只有一辆北京吉普车和一辆"华沙"牌小汽车。延庆县委给了郭总指挥最大的面子和最高的待遇,将"华沙"配给他跑工程。他拖着臃肿虚胖的身子,吞服几片救心丸,坐上"华沙",开始了白河生涯。

他首先跑到内蒙古粮食厅,找当年的抗日老战友、如今的粮食厅长"借回"高粱、玉米、小米、黑豆等五谷杂粮,尽可能地让白河民工能多吃一些——当年施行每人每月粮食定量,由于体力活繁重,粮食根本不够吃。不仅如此,他还"顺手牵羊"地弄来了抵御风寒的羊毛皮衣、毡子、靴子,让民工在工地能过冬。接着,"华沙"开到怀来县,他找到了当年的敢死队队员、如今的县委书记贺章。他们一起坐上"华沙"到下花园露天煤矿,为白河工地"借回"了第一批机械设备,此后内燃凿岩机取代了隧洞里的人工打眼。

支撑隧道的圆柱没有了,他又到东北地区找当年的战友们,运回了木材。给郭总指挥最大的面子是:上海市原领导人马天水,是郭春云当年打游击的老领导,帮助他从上海弄回了一批工地急需的钢材……

白河工地虽然上马,但面临的情况堪称"一穷二白"。郭总指挥肩负着的，不仅是工作上的巨大压力，还有家庭不幸的压力。郭志军的弟弟刚上初中，就得了急性脑膜炎，一旦病发，就会精神失常。郭总只好将他的这个儿子带到白河工地，关在另一间屋子里。郭总的办公室是里外间，郭总躺在里间，常常是躺在床上听汇报，外间住着一个医生，随时准备抢救郭总。郭志军当年在27军当炮兵，回家探亲到白河工地，深刻地感受到了父亲的不易。经单位特批，他提前从部队复员，回家照顾弟弟。幸运的是，后来他的弟弟终于恢复正常了。

1978年白河引水工程的14里的隧洞打通后，郭春云担任延庆县常务副县长，不再担任白河引水工程总指挥。然而，他肩上的担子更重了。他常常冥思苦想，夜不成寐。"文化大革命"中，延庆发生了一批冤假错案。郭春云每天都要接待好几拨来申诉冤屈的人。"四人帮"虽然垮台了，但改正冤案依然有阻力。郭春云敢作敢当，正派公正。遇到蒙冤受屈的人，他能证明的亲自当证明人，能出材料的就加班加点地为他们写纠正错误的材料，改正了许多冤假错案，继而为一批"右派"改正。他和当时的中共延庆县委负责人一起，拯救了一批国家建设急需的人才。

"我是延庆人，我要为延庆的老百姓做点好事！"这是郭春云生前常说的一句话。他不但为延庆当地百姓着想，还保护了一批外来的知识分子。白河工地医务室的医生，是由延庆县医院公派来的，由于条件艰苦，这些医生3个月才能轮换一次。医科大学毕业的李树理，因家庭成分不好，在县医院受到排挤。到了白河工地以后，他工作积极，乐观向上。李树理医术高明，在白河工地帐篷为民工成功做了阑尾炎手术，这在当时的延庆县是从来没有过的事情，曾轰动一时。郭春云主持公道，关心他、信任他，充分发挥他的外科特长。在艰难困苦的白河工地上，李医生找到了幸福之路。他主动要求长期留在白河工地，直到他离开延庆为止。幸福是把灵魂安放在最适当的位置。多年以后，李树理成为美国的医学博士。2015年，他专程回到延庆，四处打听郭春云的下落。几经周折，他终于和郭志军取得了联系。听说郭春云病逝的消息后，李树理非常难过，执意要到香营的郭春云墓地祭奠。他说，是当年的郭总指挥保护了他，让他有了后来的光明人生。

郭春云总指挥勇于探索，敢于走前人没有走过的路。笔者不由得想起了宋代杨万里的诗："万山不许一溪奔，拦得溪声日夜喧。到得前头山脚尽，堂堂溪水出前村。"郭春云如同佛爷岭下的一道山溪清水，润泽妫川大地。"不忘初心，方得始终。"今天，妫川大地仍然需要这些来自人民、为了人民的"堂堂溪水"。

第三节　许丛林的白河生涯

　　1966年"文化大革命"爆发后，很多党政部门的领导干部被打倒，甚至蒙冤受屈，刘明、许丛林就是其中之一。1969年延庆一批老干部被"解放"出来，重新走上了领导岗位。刘明任延庆县革委会主任，兼北京市延庆县白河引水工程指挥部总指挥。但是，刘明是一县之长，工作非常繁重，不可能常驻白河，这就需要有一个常驻白河的负责人管理白河工地。

　　延庆县委书记王虎认为，要找一个能担责、肯吃苦，会干事、能干成事的副总指挥长期驻扎在白河工地，只有这样，这个工程才能成功。王虎征求刘明的意见时，刘明说，能靠得住的干部，不怕背"走资派还在走的黑锅"，不怕第二次被打倒的人："我看，刚从牛棚放出来的许丛林最合适！"

　　抗日战争时，延庆县康庄是八路军活动的地区。1945年秋，日本鬼子投降，康庄第一次解放，年仅14岁的许丛林出任儿童团团长，后任区组织干事、宣传委员。他11岁时，母亲去世，是父亲一个人将他拉扯大的。因此，他从小就养成了自立自强的倔强性格。许丛林参加解放战争以来，站岗放哨、护送军粮、带领群众，积极支援解放军包围北平城，为和平解放北京做出了贡献。新中国成立后，他担任过靳家堡公社党委书记和大榆树公社党委书记。无论在哪儿，他总是带头搞生产，积极改善群众生活，深受群众爱戴。就这样，年仅39岁的许丛林被组织任命为延庆县白河引水工程指挥部副总指挥。

依照北京市"发展农业，先修水利"的决定，1970年2月18日，经延庆县革命委员会批准：

白河引水工程成立指挥部。由刘明任总指挥，郭春云、许丛林任副总指挥。陈仁、李旺、赵峻峰、马林（暂缺二名）等6同志任指挥部成员。

起初，刚被"解放"出来的许丛林感到非常意外：这一任命，没有遇到造反派的阻拦，十分顺利。事后他才得知，革委会的造反派认为，白河堡远在县城以外的北山深处，没有公路，不通水电，除了山沟还是山沟，要什么没什么，是个"兔子不拉屎的地方"。那是个朝廷发配犯人、"林冲刺配沧州"的鬼地方，没有人乐意去，让这些走资本主义道路的"当权派"，继续去劳动改造吧！

"衙斋卧听萧萧竹，疑是民间疾苦声。此小吾曹州县吏，一枝一叶总关情。"当年，郑板桥卧在衙门的书斋里静听着竹叶"沙沙"的响动，感觉是民间百姓呼饥号苦的喊声。今天的白河引水工程的决策者们，心中只有一个声音："水利是农业的命脉，要把农业搞上去，必须大办水利！""星光不问赶路人，时光不负有心者。"于是，郭春云、许丛林等人像大禹治水那样，跋涉于延庆的高山深谷之中，足迹遍及妫川大地。经过精心勘察地形，他们终于制订出了兴修水利的方案。

脚踏轻风手扶云，高山顶上摘星辰。夏天烈日当空，热浪袭人，王虎、刘明、郭春云、许丛林等一行人，挥汗如雨地攀爬黑峪口，顺着沟壑爬至佛爷顶山山脊。他们站在佛爷顶的最高处向北望去，只见一条白色银练，逶迤而来，向东流去。"我们要在白河的天然垭口处，拦河筑坝！""用手搬、用肩扛，也要将坝筑起来！"大家兴奋地说着。他们指着脚下的山峰，"要想把水引进妫川盆地，唯一的办法是开山凿洞，从佛爷顶山下打开一条14里的输水通道"。他们转身向西南望去，只见延庆盆地土地平旷，阡陌纵横，村落棋布。可是，多少年来，几十万亩的妫川平原却因缺水而粮食紧张，勤劳善良的延庆儿女却因水灾旱灾而挨饥受饿！每当看到这些，他们就感到心里憋屈！

创新始终伴随着风险，这正是创新的内涵所在，但创新者行稳致远，便能创造出前无古人的人间奇迹。"牵来白河水，灌浇延庆川。"打通了隧洞，从佛爷顶的后山引水，前山出水，再修三个长长的水渠。在延庆的北山修几十千米的北干渠，环延庆的南山修一百多里的南干渠，在延庆盆地中间，再修建一条通往官厅水库的补水渠，就能彻底解决延庆的洪涝旱灾，以及农田灌溉和群众吃水问题。他们规划着，盘算着……

但是，当时极左思潮盛行，有的地方两派（保皇派、造反派）正闹得欢，他们批判"唯生产力论"。如果建设者们不紧跟革命潮流，而是一心一意搞生产和建设，那就是"走资派还在走"，是有很大风险的。为了稳妥起见，刘明等人准备了八九个月的开工时间。

春天来了，山雨浇醒了山坳草棚的炊烟。"七九河开，八九燕来"，所有的花朵兀自盛开。青漫山坡绿映天，无边春色染白河，春天是兴修水利的好时节。1970年的早春，草籽根芽在白河山坡荒地冒头的时候，行色匆匆的许丛林背着行囊，来到了白河堡村。他们一行人租住在村子里，白天钻到深山里察看地形，测山观水、丈量荒坡，晚上顶着月亮星星，在宽敞的石头垒砌的院落里，谋划开工方案。

白河引水工程于1970年9月6日正式开工。

郭春云、许丛林他们白手起家，困难可想而知。更大的困难是，还要排除各种干扰。在一次干部会议上，许丛林顶着"左"的压力宣布：严禁在工地任何地方张贴大字报，你手痒了，请到延庆县城大街上去贴！不准在工地搞"四大"（大鸣、大放、大字报、大辩论）活动。对于不听劝告者，请自动离开工地。

筚路蓝缕启山林，栉风沐雨砥砺行。做工程艰辛是一方面，危险更是时刻围绕在身边。2019年2月27日上午，笔者有幸到许丛林家中采访。他从书柜上一溜有关白河的图片中，挑出了一张指着说："当时，幸亏把我戴的安全帽给他戴上了，才避免了一场人身伤亡。"这是一张背景漆黑的照片，照片上的人都头戴安全帽，身穿工作服，眼神坚毅卓绝，面色悲壮。当时，他们正在隧洞内仔细察看塌方情况。

许丛林拿着照片，回忆起了50年前的事情。当时，北京市里派工程师楼望俊到白河工地检查工程质量。出于安全考虑，许丛林把自己的安全帽让给了楼望俊。楼望俊下到竖井底部后，过了好一阵子，也没有上来。许丛林不放心，非要下去看一看才行。没想到，他刚下到井底，就赶上了一场塌方。

"哗"一下子，我一躲，那个楼工（楼望俊）没躲开，一下子栽倒了，安全帽砸得陷进去一个坑。楼工的头被砸了个大包，话都说不出来了。如果那天砸的是我，可能就完了。将楼工从隧洞拉上去以后，赶快送往医院，不碍大事。（楼工）多亏戴着安全帽，才捡回了一条命。

后来，楼望俊又继续参与白河引水工程。

一天，许丛林到几个竖井洞口去巡视，布置安全施工措施。他刚从工地回到指挥部，就接到报告说：7号井塌方！他立即奔赴塌方现场。当得知没有出人命时，他悬着的心才放了下来。许丛林仔细观察现场后说："这个洞口现在就停工！过几天等不再落石了，再往外清碴！跟工程进度相比，人命更重要。千万要注意安全！"果不其然，过了几天，7号井整个井眼都塌了。如果当时为了赶进度，不注意安全生产，几十条人命就没有了。

汗水浸透千层石，铁肩挑走万年岩。自打来到白河，许丛林就没日没夜地扎在施工现场。他将住宿的帐篷搭建在河道边、山坡上，和白河民工一起吃饭喝水，有着共同的喜怒哀乐。由于工作严谨扎实，他很快摸透了塌方前的一些征兆，这让他救了很多人的性命：

有一次，我进劈开的山坡口一看，劈出一个平面来，就像个顶棚似的。这种平面的情况，看着越没问题的就越容易出问题。我当场就说停工，先停两天。结果头一天说的，第二天就塌方了，一下子塌下来半个山！

这是一段珍贵的记忆：

14里的输水隧洞，土方15里，从古至今，延庆从来没有这么大的工程。要是没有当时的县委书记王虎，白河工程很可能不能上马，即便上了马，很可能是个半拉子工程。王虎是林县人，他经历过红旗渠的建设。当时全国学习红旗渠，他坚信白河引水工程只要发扬红旗渠的精神，一定能成功！

从1969年筹备白河引水工程到2019年，时光已经过去了半个世纪，但90岁的许丛林在笔者面前谈起往事时，依然对王虎念念不忘。

这是一段艰辛的历程：

把白河水引进妫川平原，必须先打通14里的隧洞，这是整个工程的咽喉部分。为了加快工作进度，工程师建议在山坡上打通竖井，在山体内部增加劳动作业面，多个工作面同时施工，最后连成一线。根据实际情况，指挥部最后决定要开凿出9个竖井。这么大的工程，别说在延庆，在整个北京也是史无前例的。这期间会遇到什么样的艰险，谁都不清楚。

这是一段永恒的瞬间：

第一任总指挥是延庆县革命委员会主任刘明兼任，他调到市里后，第二任总指挥由郭春云担任，郭春云担任延庆县副县长后，主持全县工作，也走了。

当时，白河引水工程指挥部的主要负责人能坚持到底的，只有许丛林。他栉风沐雨，披露戴雪，几经生与死的考验。白河修了14年，许丛林干了14年，从39岁一直干到头发斑白。

当时，白河引水工程是延庆县的头等大事，不拿出大禹治水的精神来是干不成的。许丛林将5个孩子（许志东、许志波、许志涛、许秀东、许秀云）撇给了妻子高淑英，而他的妻子还担任着康庄二街大队党支部书记。就这样，街道百姓的事儿，家里家外都是妻子一个人扛着。

许丛林从白河工地归来，一家人乐呵呵，整个屋子里充满了欢声笑语。他刚端起碗来吃了几口，凳子还没有坐稳，工地指挥部就来人了，说白河工地有紧急事情处理，催着他回去。临走时，看看几个没长大成人的孩子，再看看老伴儿高淑英失望的眼神，他觉得对不起一家人。老伴儿吃苦受累了一辈子，他心想等白河建成了，一定要让她好好享几天清福。

有一种思念可以很长，有一种爱，叫作"母爱"。大禹治水，三过家门而不入，公而忘私。许志东说："我父亲修白河的时候很少回家。有一次刚回家，白河的电话打过来了，又走了！家里的、地里的活儿全指望我母亲。我这个当老大的，只能尽量多干些，替母亲分忧。我母亲白天带领社员干农活，晚上回到家里洗洗涮涮，忙着做饭。深夜里，她就着小煤油灯，给我们几个孩子缝缝补补，鸡叫头遍才得休息。天刚蒙蒙亮，又开始了一天的忙碌……我的母亲能承受的，都承受了；该付出的，都付出了。"

许丛林的母亲死后，是父亲一个人含辛茹苦将他拉扯成人的。因白河工程刚刚上马，许丛林经常不能回家。许丛林的父亲逝世时是大年二十七。在临终前一天的夜里，他的父亲一直呼唤着许丛林的小名，他想和在外劳累奔波的儿子再见最后一面。可是，直到第二天下午3点多，许丛林才从远在百里之外的白河工地赶了回来。那天北风呼啸，许丛林披着一身寒气和泥沙走进了家门。他含着泪，喂了父亲几口橘子罐头水。几分钟以后，父亲欣慰地闭上了眼睛，撒手西去。忠孝不能两全，许丛林号啕大哭。

1983年，白河堡水库竣工。1984年，许丛林调回延庆县政府，先后任县财贸办公室主任、劳动局局长，后被选为延庆县人大副主任。当我采访许丛林时，他说："两任县委书记给我派了两个大活。为活着的人修了个白河，为死去的人立了个碑。平北抗日战争烈士纪念碑落成典礼时，当时的县委书记杜德印握着我的手说，这事交给您办，交对了！"

白河精神，弘扬正当时；烈士丰碑，长存万年青！

2018年10月26日，《京郊日报》载文：

九旬"修河人"捐赠珍贵档案资料。日前，年近九旬的许丛林先生，将自己收存的两组珍贵照片交到了延庆区档案馆。一组是50年前白河引水工程建设期间的照片。一组是20世纪80年代末平北抗日战争烈士纪念碑建设期间的照片。照片生动直观地展现了当年的原景原貌，记载着延庆一段珍贵的历史。延庆区档案馆的工作人员将捐赠的照片，一一翻拍备案，后续将进一步整理收入档案馆。

话要和明白人说，事要与踏实人做，情要同厚道人谈！许丛林和当年的一批白河工地领导人，能率领大家取得白河引水工程的成功，是因为他们吃苦耐劳，坚忍顽强，像老黄牛一样勤勤恳恳，是因为他们胸怀坦荡，公正耿直，率先垂范，能凝聚人心。1977年至1980年在白河工地的三四年时间里，许丛林的二儿子许志波当过装卸工、运输工、汽车司机、修理工。一句话，只要工地需要，他逮啥干啥。直到他从白河工地调走时，他所在的民兵连领导，才知道他是许总指挥的儿子。

白河引水隧洞的修通，是许丛林毕生为之自豪的一件事情。工程在佛爷岭底部的挖凿与浇筑，集中彰显了以许丛林等人为代表的白河工程建设者的决心与意志！隧道掘进机施工现场，不仅有高热、高湿，还有高强噪声。钻机与岩石碰撞的震撼——高强噪声强行冲击着耳膜，甚至连自己说的话都无法听到！工友之间只能通过简单的手势和眼神交流。火花四射、热能迸发，是钻机与岩石的对话，更是人与岩石的较量。

白河引水隧洞是为官厅水库、十三陵水库补水的唯一通道。输水隧洞进口位于白河堡水库南岸，贯穿佛爷顶，由香营乡北山出地面。隧洞出口建有调节池，调节池与南干渠、北干渠、补水渠相接。

在采访中，许丛林说："当时分成三组，实行三班倒作业，不分白天黑夜地拓洞。"输水隧洞于1970年9月6日开始劈坡施工，因全长14里，采取分段开挖。1974年12月9日，各段工程陆续开工。1976年5月16日，输水隧洞全线贯通。为提高工作效率，工程指挥部决定以打竖井的方式增加工作面，共挖竖井9个。竖井完成后，实行多工作面分段施工，以加快挖掘隧洞的进度。由于机械设备缺乏，建设者们只能采用人工打眼，手推车运输。为了把洞中的石碴及时运出，人们在井口上用圆木绑上井架，装上滑车，用人工拉套的方式提升出碴。出碴的工具是用荆条编制的大筐。现在想来，当时的设备之简陋，施工条件之落后，环境之艰苦，简直让人难以想象。

许丛林回忆道：

在开挖过程中，为了加快推进速度，开始使用的是露天矿场的内燃凿岩机进行洞内打眼。由于没有通风设备，烟尘排不出去，我们只好在充满油烟的环境下作业，轮班下井操作，每次进洞20分钟换班一次。

1971年延庆县农机厂组成支持白河引水工程小组，设计制作了6立方米的电动式空压机，又从河北省龙烟铁矿厂的废品堆里买回一些旧风钻零部件，组装了一批风钻，逐渐取代了用肩膀挑、用绳子拉、用人工打眼和内燃凿岩机打眼的艰难困苦，施工条件得到了一定的改善。随着工程的进展，(我们)得到了有关方面的认可，有了一定的财力，可以增购新式风钻、空压机、卷扬机、提升罐笼、矿斗车，取代了手把钎、挥洋镐的原始操作。

全长14里的隧洞，整整修了8年，劳动环境极端艰苦。夏天，洞外一身汗，洞内穿绒衣。冬天，洞内一身水，出洞一身冰。隧洞里一年四季滴水不断，民工们穿雨衣雨靴。雨衣外面是洞顶的漏水，雨衣里面是湿透衣衫的汗水。劳动报酬是每人每天五毛钱，外加生产队记工分。国家给的粮食定量是每天一斤①粮。其间，工地被暴雨洪水冲垮过，工棚被大火焚烧过，施工时经历过一场地震，战胜了不知多少次的塌方……

许丛林为我们还原了一个激情飞扬的年代。重温那些珍贵的历史，我们会感受到不同年代不一样的青春岁月。许丛林说，修水库延庆没钱，北京市里资金紧张，怎么办呢？当时的北京市市长焦若愚想出了一个法子，请国家水电部的部长来白河工地，把修建水库的必要性汇报汇报，也许行得通。许丛林回忆说："我从实际出发，分析了白河堡水库的4项功能。一是向官厅水库输水，二是向十三陵水库送水，三是向密云水库补水，四是解决延庆当地的农业用水。这是一举四得的惠民工程。"当时的水电部部长听了许丛林的汇报，点了点头，应允了这件事，由中央出资。

就这样，许丛林又在白河工地坚守了6年，终于修好了大坝，建成了干渠。白河工程建设者们以自力更生、勤俭节约办一切事业的精神，为国家节省了大量资金。1982年，赶上了改革开放，工程可以大包干，工程款结余20万元，可以当作奖励分给大家，可是大家一个子儿也没拿，全都投到建设中去了。现在前山的白河堡水库管理处就是那个时候盖下的。

采访结束时，我突然想到了中国历史上的王阳明、曾国藩……想到了外国的巴菲特、稻盛和夫、乔布斯……成功人士之所以成功，绝不是投机取巧，而是因为他们简单纯朴、坚忍不拔。存正直之心，行仁义之德，方能笑到最后的胜利，方能为人生画上一个圆满的句号，方能留下一段永恒而美好的回忆……

对于许丛林来说，白河生涯历尽千辛万苦，经受严峻考验，尝尽苦辣酸甜，但是他感受到了成功的欣慰和欢乐——他一辈子惦记那条滔滔不绝的白河水……

---

① 1斤=0.5千克。

第四节　白河群英会

当年的白河人，老少齐上阵，夫妻在工地，父子战白河，一门心思搞工程。不管是顺境还是逆境，白河人的信念像春天一样朝气蓬勃，始终保持着旺盛的生机。有"白河三杰"之称的李国钤、吴思森、刘广明，还有工程师楼望俊、张玉霜……他们努力创造，以坚忍不拔的毅力，下艰苦卓绝的功夫，"工"不可没！他们没有辜负历史的重托，交出了一份合格的答卷。

参加施工的近万名民工，"工"耀千秋，其浩浩之功将载入史册，成为延庆人民前进的精神支柱，也让延庆人民记住了他们。

通过笔者查找，有文字记录的优秀人物有：

一连指导员徐步山（兼一营党总支副书记）、连长赵海河、副连长康永宽

三连指导员胡成茂、连长张宏宽

四连负责人张顺宗、李金囤、张文元

六连连长乔元山、副连长张庆海

九连负责人徐凤义、王文宽、贺玉才

十连指导员张进海、连长卢秀军、副连长罗金富

十五连副连长谢启

二十连负责人赵海元

二十三连指导员国振赢

二十四连连长李华

修配连党支部书记宋德连、副指导员冯全林

一营负责人徐步山

三营营长肖旺江

四营教导员李金囤

五营教导员谢瑞生

八营营长吴九顺

九营教导员武振海

十营营长李常

加强营营长刘广明

……

  他们谱写了一曲建设家乡的优美赞歌，在此只能是挂一漏万。本书的第二章"白河光荣榜"以及随后的几个章节，记载了诸多参加施工的先进人物，在此不一一罗列。他们凭借一锹、一镐、一铲，用自己的双臂劈山凿洞，引水入川，实现了延庆人民的梦想和夙愿，造就了不畏困难、团结协作的白河精神，也铸就了延庆人的自豪和骄傲——长城脚下、千古风流！

  白河堡水库修成后，白河堡水库管理处的后来负责人董文、刘广明、刘兴仕、王迎喜等人，不迷信、不盲从，保持清醒的头脑，继续发扬光大白河精神，延庆白河堡水库获得北京市优美河湖称号……

第二章 白河怒吼

第一节　誓师大会

1974年6月28日上午,天气晴朗、阳光灿烂。白河工程指挥部召开"抓大事、促大干"誓师大会。在白河工地进水口附近,2000多人擎着红旗,由各公社组成的民兵连队依次进入誓师大会会场。领袖的巨幅画像悬挂在主席台的中央,8面红旗分列两旁。在主席台两侧,悬挂着醒目的大标语:"学大寨狠抓纲,今年过黄河,明年奔长江""加快步伐学林县,鏖战两年隧洞通,引水入川做贡献"。这些激情澎湃的标语,充分反映了全体民工的心声。

上午8点,大会开始,首先由白河工程指挥部总指挥郭春云做动员报告。他回顾了白河工程4年来劈山引水的战斗历程,发出了"抓大事、促大干,加快步伐学林县,鏖战两年隧洞通,引水入川做贡献"的战斗动员令。接着,副总指挥许丛林宣读先进民兵指战员名单,公布了1974年度光荣榜,并检查了过去的不足,找出了差距。他号召全体建设者,要发扬"自力更生、艰苦奋斗的精神,实行群众理财,节约开支,因陋就简,反对铺张浪费,认真贯彻节约闹革命的方针"。

同量天地宽,共度日月长。在誓师大会上,北京市委书记刘绍文(时任第一书记为吴德)、延庆县委书记王虎到场给大家鼓励。

北京市委书记刘绍文热情洋溢地说:

白河堡这个工地可以说是北京市农业学大寨重点工程之一，同志们在这里已经战斗了4年了，取得了很大的成绩。白河工程是个伟大的工程，我们的洞子7000米长，这样的洞子在全国已是数一数二的了。修建白河堡水库是改变延庆面貌的重要措施。目前，延庆水浇地17.8万亩，白河堡水库修成后，可浇地40万亩。大家吃饭有了保证，延庆将成为北京市的产粮区，对改变延庆的面貌起到决定性的作用。我希望大家在施工中将安全放在第一位，4年来没有出现大的事故，但小事故还是有一些。希望工程人员加强安全检查，保证施工质量。最近，中央水电部、国家计委的同志到工地考察，认为修建白河工程还是必要的。大概明年就可以将白河工程列入国家计划了，可能明年我们工程要上的人多一些。只要我们再苦干三五年，一定能改变延庆落后的面貌！

延庆县委书记王虎鼓励大家说：

延庆人民定能叫高山低头，河水让路，搞他14里长的隧洞，叫他给我们浇川区的40多万亩土地，为社会主义多打粮食。今年我们打隧洞的任务能不能完成，就看我们每天的进度怎么样。要天天、月月超额完成任务，我们全年的计划就有了保证。通过这次大会，有了一个新的起点，在抓革命促生产中，争取更大的胜利！

——摘自《战白河》第79期，1974年5月23日

光荣榜（1974年度）

先进连队

优胜红旗的营、连4个：三连、五连、加强营、修配连。

嘉奖的先进连队2个：先锋一连、猛虎九连。

先进班排小组（共21个）

一连四排、三连一排、三连炊事班、四连风钻排、五连一排、五连二排、六连二排、七连二排、八连一排、九连风钻排、十四连三排、十五连三排、加强营永宁连一排、加强营城关连一排、加强营沈家营风钻排、炸药厂女二班、修配连修车组、修配连机修组、修配连前山修配组、运输连手扶班、工程组测量小组。

国家职工先进工作者（3名）

运输连许长友、王风利，修配连郭春甫。

先进民兵（共329名）

一连22名：赵海河、乔树安、张兴泉、吕正书、孙仲青、吴振忠、尤增书、李成怀、周风贵、郭万里、阎尚金、国文清、张岑、郭富德、周玉金、王书合、郑利连、刘玉贤、乔迎春、阎九成、李延记、张兴瑞。

三连30名：刘仪山、高自河、王震、王付金、张书、赵根雨、张玉亮、丁学礼、肖建军、谷双友、刘永顺、崔成祥、谷万昌、宋振录、雷建国、张洪亮、张风山、谢佃起、翟永安、林树森、谷润明、宁明、谷润永、张永山、张永生、李振龙、刘刚、翟振秋、康旺、张树海。

四连22名：侯振计、刘存宝、韩德海、阎四胖、高振勋、张文元、胡顺、张喜恩、吕德山、康志恒、房炳银、谢君、辛治俭、孙忠宝、张玉庆、池尚君、李金囤、韩富元、康根全、孟凡茂、乔正芳、孟会贤。

五连30名：赵平、时芝秀、时庆元、梁顺、郑仕华、袁金桂、赵刚、吴锦生、刘进芬、胡秋玲、吴中周、李兰荣、高树祥、吴德安、肖连祥、罗英霞、张连书、胡兰所、武存、梁铁成、时日全、陈淑兰、王云山、阎克友、孙三臣、魏顺增、胡增华、王所祥、卫德喜、任秀琴。

六连11名：李万奎、李景芳、张来义、白双计、鲁元得、许永利、孙玉安、秦长计、孙兆顶、孟长栓、李宗明。

七连22名：吴久顺、张志深、许振宽、方成先、耿占宗、毛永存、周学付、董顺祥、阎克以、赵留良、陈桂平、杨树良、马明华、郝喜亮、刘连琪、张振礼、唐成荣、李留海、郭存、阎学魁、阎克芳、林满存。

八连24名：刘顺利、赵相成、陈付银、赵贵、张怀荣、李成桂、赵秀江、张汉青、申得宝、陈凤利、李正和、范永成、张四久、泰永田、杨留双、徐春亮、杨秀峰、徐自来、李林、张洁、闻志、徐付全、赵宽成、张金友。

九连23名：胡永伍、王凤永、王玉山、康喜、张俊生、黄艳明、曹东海、刘顺、赵德全、陈友旺、汪春山、阎富才、赵占德、刘永怀、宋永祥、王铁石、刘庆、张建生、刘汉明、赵仁、肖文学、蒋富华、王德元。

十三连5名：宋建宗、刘存宽、王久良、温来有、王文珍。

十四连13名：魏文存、焦万宝、裴志章、仁德宽、王元永、裴巨库、王爱臣、郑得起、刘恩瑞、唐海先、雷占华、任付军、宋青。

十五连14名：袁大海、宋展荣、陈宝义、王宝海、曹连章、郝文喜、程永明、唐忠、郭永亮、谷天余、孙志发、李满库、王永生、李占瑞。

炸药厂5名：孙贵满、卫宏秀、卢玉德、刘丽娟、陈瑞梅。

修配连12名：于珍、张振泉、石展江、张林、李升、贾元亮、赵歧银、王珍、吴东升、张仕忠、张瑞芹、马志广。

运输连11名：张来牛、杨进富、崔茂森、哈成本、赵希德、卓振吉、黎玉敏、崔秀龙、阎尚宽、王静友、李柱山。

加强营53名：张树礼、阎成旺、王富祥、赵仕兴、王升、郎德山、卢万海、刘明、王金海、赵留全、王瑞田、王振起、张恒德、唐玉明、徐廷江、张占友、左兴、贺凯、赵得宽、邓子贵、辛富德、方风存、程玉林、刘树根、朱正荣、郭万军、李建然、李海、白凤发、刘迎春、彭根德、石盘柱、冯永安、鲁满仓、赵学利、刘举、卓会东、张春发、张长林、郑学东、鲁永发、张华启、周书刚、李维增、卓森林、孟东才、刘广明、祁进文、胡文学、于海聪、杨合福、贺玉书、石大柱。

指挥部办公室5名：陈莲凤、赵占先、张永德、曹亮、吴海；工程组15名：聂进银、韩德贵、许咏梅、郭洛安、阎玉堂、翟振银、张怀起、李德海、陈宝新、贾怀发、陈月林、张进启、张玉杰、王书贤、王珍光；政治组4名：哈春海、卓会通、哈云海、王恩记；后勤组8名：武二秃、段兴歧、韩付存、张进科、宋景才、韩文静、王登举、段继录。

——摘自《战白河》第84期，1974年10月19日

上下同心，其利断金。在授奖大会上修配连代表王学义发言：指挥部党委授予修配连光荣集体的称号，这是对我们的鼓励和鞭策，我们要把成绩当成新的起点，鼓足更大的干劲儿。眼下，新的工程项目：溢洪道、导流隧洞、进水塔即将开工。要求我们修配连架线、送电，还需要增添平车和碴罐等配套设备。我们保证新项目按时开工，完成指挥部交给我们的各项任务。

——摘自《战白河》第84期，1974年10月19日

第二节　众志成城斗洪水[1]

正当白河人快马加鞭、加速工程进度之际，一场突如其来的灾害，险些毁了白河工程。人生最大的悲哀，是对前途没有希望。白河人绝望了吗？"白河工程"半途而废了吗？事情还要从1974年7月的一场暴雨说起。

阴雨连绵，数日不停。1974年7月25日上午8时，白河堡地区突降暴雨，瓢泼大雨下个不停。到了中午，天刚放晴，突然山洪暴发。波涛汹涌、浊浪翻滚，冲毁了白河上游的拦河坝。洪水直向马家店一带的四连（井庄公社民兵连）、仓库连、修配连、炸药厂连、一连（香营公社民兵连）、十五连（西拨子公社民兵连）等连队一字排开的驻地奔腾而来。一时间，工棚冲垮，厂房倒塌。横冲直撞的大水，裹挟着山石、木头、衣物顺流而下。仓库连、修配连、炸药厂连的院内水深达1.5米，情况万分危急！全体人员，紧张起来！

四连的工棚最先进水。他们在张顺宗、李金囤、张文元、阎明元的带领下，首先抢救食堂的公共物资，但却只能眼睁睁地看着工棚内个人的衣物、用具被洪水冲走。炸药厂连的人员，首先想到的是火药、雷管，他们

---

[1] 引自《战白河》第80期，1974年7月30日。

将全部物资安全地转移了出去。孙大兴等几个人从滚滚的洪水中，抢出了拉水车以及做炸药的工具，而他们却险些被洪水冲走。

修配连的张振泉、徐展明等5位同志，看到仓库连的木板冲了下来，急忙跳入水中。他们手拉手，用电线杆挡住漂浮的木头，然后再一根根地捞起来，拖到山脚下。王长振的脚扎破了，顾不上包扎，他说："能捞一把是一把，让国家的财产少受点损失。"电焊工马志广、于庆龙、赵占荣等人冒着齐腰深的水，抢救出了全部的电焊机。

六连全体民兵，在连长乔元山、副连长张庆海的带领下，直奔仓库。大家在水中推的推，拉的拉，拽的拽，硬是把吊车、搅拌机等施工机械安全地转移到高地，然后再到工棚抢救个人的物品。左计所、泰长纪等人为了给大家捞衣物，打着手电筒在水中浸泡到深夜。

山洪暴发时，白河工地指挥部正在开会安排下一步的施工任务。他们立即停会，抢险救灾！指挥部成员分成若干小组，涉过齐胸的洪水，奔赴施工现场。技术员郭占衡、罗森民，会计武二秃在途中险些被洪水冲走。大家手牵手，好不容易才上了对岸。在10里长的山谷里，哪里有洪水，哪里就有指挥部人员的身影。

洪峰在咆哮，群山在颤抖。洪水冲倒了高压线杆子。当时，加强营永宁连的阎成旺等60名在井下劳动的战士正准备换班出井。有几个人乘着出碴罐，从120米深的井下缓慢地上升。这时，突然断电了！他们悬在竖井的中间，上不能上，下不能下，在漆黑的竖井中整整待了4个多小时。在井上的人们，想尽了种种办法，终于将他们从井下面吊了上来。

洪水到来的当天夜里，修配连的战士没有住处了。他们在四面没有墙的凉台上，紧紧靠在一起，抱团取暖，度过了一个不眠的夜晚。一连指导员徐步山、副指导员耿尚信得知情况后，天刚刚亮，便带领炊事班将热乎乎的饭菜送到修配连，让修配连的兄弟姐妹们吃上了饭。一连主动到抗击洪水中去，程庭相、尤来书、王金苹等人掉到急流中时，耿尚信、吴红太第一时间冲上前去，将他们从洪水中捞起，避免了重大的人身事故。

雨停了，太阳出来了，水流缓下来了。这时，高音大喇叭唱起了《国际歌》。指挥部负责人许丛林铿锵有力的声音回响在十里山谷："同志们，和我一起唱《国际歌》！"

起来饥寒交迫的奴隶，起来全世界受苦的人
满腔的热血已经沸腾，要为真理而斗争
旧世界打个落花流水，奴隶们起来 起来
不要说我们一无所有，我们要做天下的主人
这是最后的斗争，团结起来到明天
英特纳雄耐尔就一定要实现

一人唱众人和，山高水长胆气豪！大家就着佛爷顶的松涛，伴着白河的水音，吼叫起来了！这些穿着破衣烂衫、黑脖子、光膀子的草民；这些扛着铁锹、攥着镐头，一身灰土、蓬头垢面的民工！他们的吼叫，让河水呜咽，令群山动容！靠山山倒，靠水水跑。只有靠自己的一双勤劳的手，才能自己救自己！不管身处何种境况，脊梁骨要撑得起，腰杆要挺得起，在困厄中求出路，在苦斗中求成功！

"洪水大，没有我们白河民兵的决心大，浪再高，没有我们白河民兵的志气高。洪水冲垮了工棚，破坏了道路，卷走了一些物资，夺不走我们白河民兵战天斗地的决心。我们要排除万难，继续前进！"稍作停顿，许总指挥接着又说，"下面我布置灾后的物资清理、修复工棚、整治道路、拦河筑坝的工作，一连的工作是……二连的工作是……"

听完战地动员的广播后，各个连队在红旗下纷纷表态。大家个个昂首挺胸，人人面带悲壮，按照指挥部的要求，立即投入到了家园重建之中。

火辣辣的太阳当空照，人们一个个汗流满面，但手中的活计却丝毫不停。十五连副连长谢启撸起袖子，搬起大石头，走向拦河坝。看到五连连长马德、副指导员赵平扛着100多斤的沙袋往工地上走去,女民兵们毫不示弱。刘进芬、胡秋苓两个人抬着200多斤的沙袋,紧跟其后。一连的袁大海、王怀富等几个小伙子,捡最大的石头,装最满的筐,挑着担子,即使汗流浃背,也顾不得歇息,肩膀压肿了,仍然坚持干。

钢钎点石,铁锤飞舞。10里长的山沟里,到处是劳动的人群。他们推的推,抬的抬,铲的铲,搬的搬,扛的扛。铁锹、镐头的撞击声,人们的口号声和着滔滔翻滚的白河水,奏响了一曲真正的《国际歌》:

从来就没有什么救世主,也不靠神仙皇帝
要创造人类的幸福,全靠我们自己
我们要夺回劳动果实,让思想冲破牢笼
快把那炉火烧得通红,趁热打铁才能成功
……
是谁创造了人类世界?是我们劳动群众
一切归劳动者所有,哪能容得寄生虫?
最可恨那些毒蛇猛兽,吃尽了我们的血肉
一旦将它们消灭干净,鲜红的太阳照遍全球
这是最后的斗争,团结起来到明天
英特纳雄耐尔就一定要实现
这是最后的斗争,团结起来到明天
英特纳雄耐尔就一定要实现

枫叶红于二月花。这些普普通通的白河人如同飘落下的一片片枫叶,由青翠的绿色变成静美的红色,彰显着生命的顽强、信念的坚毅。近日,读到乔雨先生的《枫叶》一诗。诗人用博大的心胸、慈悲的心态,在工作和生活中思考纷繁的社会、追求人生的意义——

彩蝶舞断了最后的疯狂

秋霜停留在血洗的枫叶上

那火红的依恋与张狂的痴想

再也不用在梦的边缘

徘徊彷徨

拥有了这满目杜鹃啼血似的绚丽

哪儿管他短篱的残菊为谁绽放为谁黄？

自是乱山深处的重阳

这别样的浓妆

已经浸透了那悸动的心房

萧瑟的西风

酿就了这楚天的秋色

冷冷的清霜

荡涤了那边西山的月光

在第一场瑞雪还未飘落的时候

就让我把你这渗透生命的色彩

收藏

在合起的《诗经》上

——摘自《故园的冷月如水：乔雨诗画选》

我突然感动了。自由不是靠施舍获得，它靠的是我们的意志，它靠的是《让灵魂自由地飞》——

现实造就不了

一片广阔的天地，或许

生活给予的只是

重负

和狭窄空间

而我们可以做的，只能是

永远忠实自己，让自由的灵魂

像鹅毛一样飞

———摘自《故园的冷月如水：乔雨诗画选》

第三节 白河光荣榜

　　风和日丽，春光明媚。1978年3月7日上午，白河工程指挥部召开了1977年度先进集体、先进个人授奖大会。"先进更先进，后进赶先进；革命加拼命，无往而不胜！"的巨幅标语格外醒目。主席台两侧，10面红旗迎风飘扬。整个会场，隆重壮观。

　　指挥部领导向大会做了工作报告。随后，九营代表武振海、九连代表张俊生在会上做了典型发言。三十连代表哈美善在会上说："在过去的工作中，我们争先进、夺红旗，涌现出感人的事迹。三十连一排排长张自强，在一次掏炮眼时，脸的右边被铁锤划破了一道血口子，左额角又挤撞在石头上，他说：'这点小伤不碍事。'他一手捂着伤口，另一只手坚持把活干完了，才到卫生队去。当时，他的两个伤口共缝合9针，医生给他开了5天的工伤。第二天，他又照常上班了。同志们劝他休息，他边干活边说：'脸受伤不妨碍手上的活，多一个人就多一份力量。'"听到这里，到会的同志更坚定了"人人争先进，个个做贡献"的决心。

　　大会发言后，指挥部负责人宣布了1977年度先进集体、先进个人授旗授奖的决定。先进工作者15人，先进生产者44人，先进民兵870人。他们神采飞扬地走上主席台，接受嘉奖。会场不时响起热烈的掌声。

　　人人争先进，个个做贡献。为了交流经验、互相促进、你追我赶、共同进步，白河引水工程指挥部每年发布"光荣榜"，公布先进连队、先进排/班/组、先进工作者、先进民兵，直到1984年全面竣工为止。每年的评比、检查、学习，大协作、大竞赛的活动，使白河工地始终呈现出一派热气腾腾的景象。白河人以自己的实际行动，铸造了开拓进取、拼搏向上、艰苦奋斗、不甘落后的白河精神。

笔者根据手中现有的《战白河》小报，摘录"光荣榜"上的先进工作者，罗列如下：

1973年先进工作者：

欠缺资料。

1974年先进工作者：

欠缺资料。

1975年先进工作者：

国家职工：李永发、许长发、郭春甫。

指挥部机关干部：王信、王永、贾殿选、白瑞元、□□□（字迹不清）、毛凤彩、张玉春、胡连德、陈学义、李升。

公社带队干部：丁奎、武振海、吴桂亮、徐步山。[①]

1976年至1978年先进工作者：

欠缺资料。

[①] 引自《战白河》第93期第2版，1975年3月11日。

1977年先进标兵：

陈跃林、刘明、乔树安、张宏宽。

1979年上半年先进生产者（26名）：

石殿江、冯全林、张玉亮、张玉才、王秀存、高尚云、马□明、朱玉琴、卫洪栋、李景芳、孙秀华、李向恩、蒋连义、陈跃林、刘振明、张振泉、于德水、胡春山、王铁石、卫宏秀、吴振忠、贾怀发、张进启、张玉杰、田尚有、巴建军。①

1979年度先进标兵（8名）：

一连赵海河、聂造长，二连史建平，五连魏善起，七连赵彬山，运输连王文清，仓库连孙广泉，修配连卢万海。

1979年度先进工作者（11名）：

贺文珍、肖旺江、付殿高、李金囤、侯保彬、晏德友、刘才厚、卢进泉、吴思荣、胡连德、张文伯。

1979年度先进生产者（38名）：

郭春甫、刘风友、詹鸿春、冯宝云、杨金娥、石殿江、曹巨臣、宋景才、申国栋、董树泰、朱玉芹、卫宏秀、王振兴、王珍、高振玉、张广

---

① 先进民兵397名（略）。

成、刘德春、张来牛、田尚友、马明、陈跃林、张玉亮、尤来书、吴东升、周世恒、张玉杰、张怀启、张进起、王义坤、白泉柱、贾怀发、孟晓顺、王书贤、马玉昌、康宝善、王铁石、刘振明、王景泉。①

1980年先进生产者（31名）：

吕正书、胡春山、康喜、吴东升、张进启、李德海、王书贤、巴建军、张振泉、赵希德、于德水、方风存、刘振明、吴双明、冯全林、程喜、冯宝云、郭春雨、阎海云、李生、张振广、张玉才、付殿明、刘风有、康振所、阎尚宽、田尚有、张殿明、陈铁柱、朱义芹、董兴宽。②

1980年优秀共产党员（16名）：

赵海河、胡德明、张树明、刘合、张进海、赵付林、郭万军、郭春甫、付殿明、陈学明、张玉亮、刘广明、尤来书、蒋连义、康宝善、李景芳。③

1981年至1984年先进工作者：

欠缺资料。

---

① 先进民兵242名（略）。摘自《战白河》第185期，1980年1月23日。
② 先进民兵220名（略）。
③ 引自《战白河》第190期，1980年7月4日。

第三章

白河隧洞

威风凛凛下竖井,风钻开动显神通。

水大石坚全不怕,定把岩壁凿窟窿。

电炮起爆天地动,沉睡大地被惊醒。

英雄喝令"把路让",高山底下筑长城。

——诗歌《隧洞掘进》

洞穿佛爷岭的隧洞,是一种怎样的体验?50年弹指一挥间,回眸那"钻声隆隆响,碎石滚滚来;取出千米岩层,探索地层秘密"的豪迈岁月,除了欣慰和自豪以外,还有对当年白河人的敬仰。就让我们从这里开始,再次探访那段令日月生辉、山河增色的历程吧!

第一节 1971年

白河人有"三不怕"：不怕大雪绵绵下，不怕高山道路滑，不怕北风刺骨冷，工程不完不回家。当时生产力低下，修建大坝基本靠人力完成。没有机器，土法上马；没有技术，干中学习。虽是挥锹扬镐、肩挑手推，却是机械化的速度。工地上全体民工开展大竞赛和技术革新，夜以继日、忘我劳动。"牵来白河水，灌溉延庆川。"白河引水工程的修建成功，是延庆县建设史上的一座丰碑。作为后辈，我们决不能忘记那些历尽艰险的延庆人！

1月8日，三连三排战士正要下井工作，忽然低头看见井壁一块巨石有裂缝，如不排除，随时有下坠砸人的危险。三连三排排长张华挺身而出，他和另外两人将绳子系在腰间，在井腰腾空作业。绳子来回晃荡、左右摆动，其中有一个人害怕，两腿直打哆嗦。张华边干边鼓励他俩，终于顺利排险，将井腰的大石头清理出井。

1月9日，在数九寒冬、冷风刺骨的深更半夜，施工在井口工地的五连一排全体民工，抡镐扬锹、推车清碴，奔跑如飞、干劲儿十足。他们的口号是："脚踏泥浆水，放眼全世界，要时时刻刻想到延庆人民对我们的希望。"

1月22日，工地指挥部提出了"大战十天，竖井进尺5米"的口号。三连一排排长哈成本带领本排在井下打眼，忽然头顶上的一块大石头滚了下来，猛地砸在他的脚上。脚下流着血，他咬紧牙关，忍受伤痛，一声不吭，继续和井下的工友们干着手上的活。直到收工时，吊绳把他从井下吊上来，大家才发现他的脚上已经是鲜血淋漓。连队卫生员对他进行了包扎护理，并劝他好好休养。第二天，他拄着拐棍走向井眼。三连连长将他拦了下来，他却说："眼下工程吃紧，不能因为我影响了工程进度。"不能下井，他便在井上干些力所能及的活，坚决不离开工地一线。一天，井下打眼碰到了意外情况，井下的炮眼无法打下去。大家正在着急的时候，哈成本拄着拐棍过来了："这种情况我过去遇到过，我知道怎么应付。"他不顾劝阻，脚红肿着，脱下棉衣，坚持下井。在他的努力下，炮眼安装好了，保证了施工进度。

2月21日早晨，冰雪纷乱，寒气逼人。七连二排接受打混凝土的任务。排长韩贵仁带领大家，顶风冒雪来到工地井眼上。"下定决心，不怕牺牲，排除万难，去争取胜利。"泥工丁致启第一个下了井，跟着张志申、阎红根、祁满来等7位同志下到了井底。他们头顶浇头水，脚踩烂泥浆。在井下工作，宁可不吃饭也要把水泥打好。炊事员将饭送到井口，见他们不上来，只好把饭送下井去。他们在井下吃了几口热乎饭，又干了起来。在井下坚持了8个多小时，终于完成了打混凝土的任务。当他们上来的时候，一个个精疲力竭。有的同志，靠着大家的搀扶才回到了工棚。九连表现最为突出的是彭起、贾元亮、董玉山、董信忠、李宝泉、李忠文、张富等人，他们工作起来你追我赶，干劲儿十足。

6月7日，七连炮工阎克满、耿德玉、王启先3个工友，在放炮中节约每一尺电线。阎克满说："现在井眼已经20多米深了，每天要放两茬炮。几十米的好电线放完炮后，就全部报废了。如果把放炮中打断的电线连接起来，不就节省好多电线了吗？"为此，他们放炮时尽量使用旧电线。为了保证安全，每次点火放炮前，他们都要重新检查线路，有破皮的地方就重新用胶布裹一裹，绑紧扎牢。有一次夜间施工，放完炮后阎克满下井一看，20多米长的电线全部打断了。断的电线有的一尺多长，有的三尺多长。"我不能浪费了！"阎克满将井下泥浆水中的断线，全部捞取上来。他们将泥线放在水中来回清洗，干净后又仔细地连接好。这时旁边有人看着说："算了吧，何必费那个劲！"阎克满说："今天浪费一寸，明天浪费一尺，长年累月加起来一个大数字。节约每度电、每分线，就等于加快了白河工程的进度。"

为了尽快完成打洋灰的任务，六连全体勤杂人员主动担负起在井下作业支盒子板的工作。没有想到的是，突然从井帮掉下一块大石头，将支撑的木板砸断了。大石头和木板掉下5米深的井底，砸伤了正在井下作业的六连副指导员李万奎的腿，碰破了会计张进科的头。人们将他俩从井下吊了上来，卫生员给他俩做了护理，点了一点药水，并让两人吃了几片止痛片。可是，当得知井下的盒子板安装得不合格时，他俩忍着伤痛，坚持回到井下，咬着牙，将盒子板重新支撑合格。当他俩一个头上裹着白纱布，一个腿上缠着白纱带从井上一瘸一拐地出来时，在场的扬全清、吴洪绪、曹桂云、郎德山、常来忠、张展起、赵德宽、王荣春、王士海等六连的勤杂人员，无不深受感动。他们放弃了晚上的休息，坚持在工地干到深夜，才疲惫地走回工棚。

7月11日晚，一连一排排长郑代林带领大家在井下出碴，推车快如飞。汗水顺着脸往下淌，顾不上擦一把。正当大家一门心思地劳动时，"轰隆"一声，隧洞顶部一块大石头掉了下来。郑代林正在往小车上装筐，他眼疾手快，在这紧急关头，他高喊一声："落顶了！快闪开！"他用尽全力推开了和他一起装筐的郭金山、聂进清，自己却被砸到，顿时昏迷了过去。得知险情，井上的工友们心急如焚。一连指导员乔进荣、班长王书银急忙跨进出碴筐，飞速下井，把昏迷的郑代林抱出了井口。在井口，苏醒的郑代林第一句话是："别的人怎么样？"得知大家都安全后，他长长地舒了一口气。在病床上躺了几天，他觉得自己好了，再次坚持到井下作业。

天有三宝日月星，人有三宝精气神。且看爆破手的豪迈气概：

我是爆破英雄汉，群山见我直打战。

只要指挥有命令，万丈高山变平坦。

引起隧洞局部落顶是什么原因？面对工伤事故，一连3个炮工尤东和、于庆春、吴振中，一天到晚反复琢磨此事，为此常常吃不下饭、睡不着觉。放炮震动是落顶的主要原因，开掘钻洞，在没有支窑柱的情况下必须放炮。他们尝试减少放炮时隧洞局部落顶现象。开始，整个工作面上一茬炮眼共30个左右，一排5个炮眼，拉槽眼在最上边，离洞顶只有30厘米。这种习惯性的装炮法，炮眼密集，放炮时对洞顶震动大，容易引起隧洞局部落顶。经过多次实验，他们将拉槽眼改为在工作面中间，呈三角形。拉槽眼由距离洞顶的30厘米改成了离洞顶两米多；另外，在最上面一层的炮眼，由5个炮眼改为3个炮眼，并且少装一些炸药，从而大大减少了对洞顶的震动。隧洞局部落顶现象得到了有效的遏制，保证了施工人员的安全。这真是：

民工虽是大老粗，实践里面出诸葛。
苦心钻研新突破，不懈打拼奔前程。

实践、认识，再实践再认识，真理就是这样一步步被人们所认识和掌握的。指挥部根据前段时间发生的一些不安全的事故苗头，及时召开了工地安全会议。各连安全连长、炮工安全员、施工员共计70多人到会。四连炮工孟凡茂讲述了炸药的性能和爆破方面的有关知识后，他说："我觉得炮火出问题主要责任在炮工身上。放炮时，有时候炸飞的石头过了白河，很不安全。填药时，上爬眼，容易开花，要禁止这样，要严格按操作规程填药放炮。"会议结束时，指挥部做出规定：安全保卫工作要细化到每个环节。不准边打眼、边放炮，排除臭炮由炮工负责。炮工要和施工员协调一致，打出的炮眼不合规格，炮工有权不填装。放炮时，不符合安全规范的，炮工连长有权制止。白河所有的工地放炮时，统一信号、统一口令。安全员要严守职责，警戒线要求达到300米以上。这次会议开得好，保证了安全施工。

第二节　1974年

不怕难，不怕难，怕难不是好儿男。

不怕累，不怕累，小伙子怎能向后退。

不怕苦，不怕苦，怕苦修不成大水库。

"战白河"留下了惊心动魄的记忆和感动，也见证了一个历史的辉煌。

先锋连队红旗展

1974年4月下旬，指挥部给一连下达的施工任务是：洞底混凝土浇筑160米。一连苦干10天不休息，于五一节前完工。

1974年4月11日，三连接受了指挥部下达的3号井洞底清理100米的任务，于4月26日顺利完成。4月28日正式开盘，做洞底混凝土浇筑。为了保证施工进度，大家就在井口吃午饭。这天，他们从早上一直工作到下午5点，完成了20米浇筑任务。其间，没有一个人喊苦叫累。5月3日，三连已经完成了100米浇筑任务。

9月25日，6号井下的加强营城关连二排排长鲁永发，给战友输血后不休息，主动上班到井下劳动。二排战士于纪有一次在井下推车，被石头砸伤了脚。同志们劝他到井上医务室治疗，他却说："这点小伤没关系。"说完,他仍然一瘸一拐地坚持推车。

"9月要大干,必须流大汗。一人要顶两人干,才能做贡献。"永宁连连长王富祥、一排排长郭万军是这样说的,更是这样干的。除了带班外,他们还经常打连班。有一次,他俩连续在井下劳动了14个小时。

"水激石则鸣,人激志则宏。"工地指挥部召开的现场会、开工典礼大会、迎接新工友的欢迎会等,使白河工地苟日新、日日新。

10月2日,工地指挥部在5号井召开现场会,各井下施工连队代表到场。会上,首先由七连党支部书记武振海汇报了9月以来,隧道掘进由原来的日进尺1.1米冲进到日进尺1.5米。到场的人员,表示要学习七连的经验,加快施工步伐。

白河两岸气象新,劈山凿洞添新军

1974年12月3日,阳光灿烂,碧空如洗,白河工程指挥部召开了溢洪道、导流隧洞、进水塔开工典礼大会。"热烈欢迎新工友""团结起来、争取更大的胜利!"主席台两侧的大幅标语,把会场点缀得格外隆重、壮观。新来的1300名男女民兵,陆续开进白河工地,为劈山凿洞、引水入川增添了新生力量。

上午10点,大会开始。许丛林代表白河工程指挥部和4年来在白河工地奋斗的2000名同志向新战友们表示热烈欢迎。这次开工典礼大会是向溢洪道、导流隧洞、进水塔3个项目进军的誓师大会,标志着白河引水工程进入了一个新的阶段。接着,指挥部下达了施工任务:要求一连、三连、七连、九连和加强营斗顽石、战塌方、排水患,完成剩余的2642米的隧洞掘进和衬砌任务,为使7000米的隧洞早日贯通,为延庆的几十万亩良田受益做出贡献。新开工的溢洪道由二连、六连、十连、十二连、十四连5个连队承担。导流隧洞由四连、八连两个连队承担。进水塔由五连承担。指挥部要求全体民兵指战员树立敢打敢拼的精神,以只争朝夕的工作态度，圆满完成任务。

新来的十二连代表在开工典礼大会上发言：

我们四海、千家店两片7个公社组成的190名全体新战友，向老战友学习，自力更生，艰苦奋斗，克服困难，完成上级交给我们的光荣任务。

在溢洪道、导流隧洞、进水塔开工典礼大会上，由来自四海、千家店地区的7个公社组成的十二连和兄弟连队一起接受了开挖溢洪道的任务。

山里人组成的十二连说话算数！1974年12月上旬，溢洪道工地上处处是一派热气腾腾的动人景象。由于天气寒冷，又在阴坡干活，镐头下去一刨一个白印，即使是这样，大家不气馁、不松懈，坚持不断地刨啊刨，终于刨出了冻土层。张秀明、王青田越干越兴奋，脱掉棉衣挥镐刨土。下乡知识青年陈长贵刚到工地就立下誓言："扎根白河献红心，兴修水利为人民。"在工地上，他双手冻得通红，双轱辘车装得冒尖，一溜小跑地推着走。女民兵李书英已是3个孩子的母亲了，但她毫不示弱，和男子汉一起赛着干。这真是：

溢洪道上摆战场，
你追我赶推车忙。
天寒地冻心头热，
工地一派新气象。

1974年12月，修配连制作组接受了一项紧急任务，要在24小时内给正在隧洞5号井下掘进的七连安装500米的风管管道。制作组4个工友立即奔赴井眼。王长振负过工伤，在井下待的时间一长，伤口就会阵阵作痛。李升、张广祥等3人因工作时间过长，浑身冻得起了鸡皮疙瘩。他们4人首先将原有的200米长的3寸①旧风管拆除，换成长240米长的4寸新风管，接着再安装260米长的新管道。人手不够，七连的同志随叫随到，全力协助。安装中专用的螺丝不够用，井上的修配连张广成、李启金接到电话后连夜赶制，及时送到了5号井下。在大家的齐心协力下，仅仅用了16个小时，就圆满完成了500米管道的安装任务，保证了七连的正常掘进。

也是在这个月，加强营呈现出"领导信心足，群众干劲儿大，干群一条心，团结向前进"的局面。一个月以来，在机械设备经常发生故障，平车又少的情况下，大家群策群力，隧洞掘进取得实效，掘进日进尺由月初的2.1米提高到3米以上。大家知难而上，为了抢时间，加快进度，爆破作业后，不等炮烟全部排尽，就下井出碴。从大观头和城关公社来的同志，初次下井，被炮烟呛得眼泪直流，睁不开眼睛，他们就摸索着走向前沿。永宁连副连长王富祥在井下被炮烟呛晕，醒来后继续坚持干。在他的带领下，这个班190罐装的出碴任务，用5小时30分钟完成。这正是：

红旗漫卷炮声隆，
千军万马是英雄。
白河民工创新高，
喜看当代新愚公。

---

① 1寸＝3.33厘米。

第三节　1975年至1978年

干！燕山丛中白河畔，大会战，工地红烂漫。
干！宏伟蓝图眼前见，看中华，壮志冲霄汉。
干！勇士挥手山梁断，群峰上，民兵斗志坚。
干！数九严冬只等闲，立大坝，水库映蓝天。
干！喜看今日庄稼汉，搬山岳，铁手谱新篇。
干！凿通隧洞水入川，学大寨，塞外变江南。

——《十六字令》白河民工王恩记

1975年

北风吹，雪花飘，
民兵干劲儿冲云霄。
汗水融化三尺雪，
歌声淹没北风叫。

进入1月以来，尽管天寒地冻，但白河工地上却是一派热火朝天的景象。井上的淋头水顺着抽水机管口喷出来，不断往井下喷洒，但七连的小伙子们却脱掉棉衣，光着膀子推车出碴。风钻工满身油泥，争分夺秒打炮眼。施工员精心测量，跟班检查，创造了掘进日进尺2米的纪录。1975年1月16日，七连的小伙子们提前5天完成了指挥部下达的45米的掘进任务。

3月11日，指挥部召开大干1975年的誓师大会。3000多名民兵豪情满怀，列队进入会场。会场内外红旗迎风招展，歌声嘹亮。指挥部党委负责同志许丛林向大会做报告。他代表指挥部党委，要求各连队和全体民兵在新的一年里加快步伐，超额完成施工任务，接着宣布了1974年度先进单位和先进个人，并颁发奖旗、奖状。

《战白河》第94期（1975年3月28日）报道：

会战6号井的总计有10个连队的男女民兵，人虽多，但大家融洽相处，尤其是女民兵让人刮目相看。三连30名、五连15名的女民兵，奔赴6号井时，立志顶起半边天。十二连的9个女民兵，利用下班时间，给大家担水扫地生炉火，让同志们心生温暖。1975年3月8日成立的工程测量组"三八"女子测量班，披星戴月，早出晚归。她们的代表王贞光在誓师大会上说："我们是延庆县第一批女测量工，我们自豪，我们光荣。"

4月25日，一连连长赵海河、副连长康永宽决心在7月1日前，将7号井、8号井贯通。保管员乔树安、卫生员吕正书、会计耿万富、炊事员李进忠、施工员尤增书，忙完自己手中的活后，到井下去打混凝土。一连三排在掘进时，洞顶不住往下掉石块，曹阔林冲到危险地带换下了正在那里施工的卢元石。就在这时，更大的石块掉了下来，把曹阔林砸伤了。屈金亮也从架子上掉了下来，摔肿了脚。排长几次让他俩上井，但他俩"轻伤不下火线"，依然在井下坚持工作。支撑工周益全、李金祥在井下塌方的地带，连续工作10多个小时，保证了大家的安全掘进。

4月30日，七连在烟雾弥漫的6号井的掘进中，克服了隧洞长、气温低、泥浆多、石头硬的重重困难，创造了51.1米掘进的新纪录。仓库连

"白河引水工程业余文艺宣传队"刻苦排演节目，不辞劳苦，迎着风雨下连队，为大家演出了精彩的节目，增添了欢乐的气氛，鼓舞了大家的干劲儿。

5月18日，团结奋战进水塔。进水塔是白河工程开工5年来第一个地面上的大型建筑。进水塔由钢筋水泥构成，塔身高30米，是引水入隧洞的咽喉，工序多，施工难度大。在一没经验、二没技术的情况下，五连刻苦钻研，拿出拼命精神，"走没有走过的道路，攀没有攀登过的高峰"，决心完成这个艰巨的任务。

劈山凿洞战严寒，万米山洞定打穿。1975年5月上旬，五连全体人员在22个小时内完成进水塔地板浇筑149.7立方米，比原计划提前了20个小时。塔身第一次浇灌236.6立方米，用了32小时50分钟完成了任务。在施工中，大家不分白天黑夜，架子工、钢筋工、电焊工密切配合，兄弟连队鼎力相助。五连共青团团员刘树根、卫海林看着轰轰隆隆的搅拌机，心急火燎，推着双轮车不停地跑动，保证了沙石料的供应。袁金贵、朱秀锁、阎永军等人在肩扛手提水泥袋中，个个成了"灰人"。女机手刘进芬、张老记、张造玲、杜桂华也不示弱，她们自豪地说："我们要顶起半边天。"

走上工匠这条路，靠的是敬业、精益、专注。修配连集聚了一批工匠。俗话说："钳工怕打眼儿，车工怕车杆儿。"修配连的师傅们在支援进水塔工作中，潜心钻研、不断探索，随时解决技术难题。修配连副连长傅殿高是车工出身，白天忙乎了一天，夜里2点钟正在睡觉，听说进水塔需要两根滑轴杆儿，便爬了起来，一溜儿小跑到车间，车了两根滑轴，又一溜儿小跑送到工地。

创新积累能量，技能成就梦想。修配连电焊工于供龙、马志广把电焊机搬到井口，不分白天黑夜焊接钢筋。他们说："早日把白河水引进妫川，这是全县人民共同的心愿，我们修配连不分你我，要和五连一起做贡献。"

一颗细腻心，两只勤劳手。中华民族历来有恪尽职守、敬业乐群的工匠传统。工，巧饰也。匠，木工也。工匠者，乃精雕细刻之人。

"白河精工"显神通，

"延庆巧匠"出英雄。

1978年

7月28日下午，指挥部召开了各营、连、排干部、团支部书记、妇女领导小组负责人会议，共400多人到会。会议总结了上个月的施工经验，布置了下个月工程进度。会上，一连指导员徐步山、三连指导员胡成茂、十连女子排范京华、二十三连指导员国振赢、仓库连指导员赵景仪做了经验总结，会场上不时响起掌声。

10月25日，白河堡水库第三季度社会主义劳动竞赛评比结束。经过评比，张山营民兵二连、大柏老民兵一连为先进连队。他们共同的特点是：爱护国家财产，节约原材料，干部带头劳动，民兵组织纪律性强，劳动效率高。民技连在筑坝打砼中，每台搅拌机由过去的每班打100盘，提高到每班打120盘。

近期，常有一些盗贼偷窃木材、草袋子、油毡等野外施工的物资。为此，二十三连副连长张树明、排长任玉山担负起夜间的警卫工作。1978年11月28日晚上，张树明他俩正在3号渡槽巡逻，发现有两个人正在拆工地的模板，他俩立即在附近埋伏下来。等这二人往回扛运时，他俩抄小路赶到前面，堵住了盗贼的去路。两个偷盗分子一看不好，扔下模板，转身就跑。他俩迅捷地将盗贼抓获。经过白河工地指挥部保卫科审问，这两个偷盗分子供出了另外几个合伙人。根据情节轻重，已给这些犯罪分子不同的处理。张树明、任玉山抓获偷盗分子，守卫国家财产，白河工地指挥部给每人奖金20元，号召全体民兵向他们学习。[1]

---

[1] 引自《战白河》第172期，1978年12月21日。

燕山峻岭洒金光，五月山花红似火。

大干再大干，继续夺高产！

白河工地各连在指挥部的领导下，超额完成了任务，其中六连完成最多，共完成土石方量5347.3立方米，比原计划超额96%。

一连的连长、排长、班长带头吃在井眼、住在井眼，不下工地、日夜苦战！他们战塌方、斗泥洞，5月拿下了18米的掘进隧洞的任务，1975年5月18日贯通了8号井、9号井。一连维修组不分白天黑夜，有了问题随叫随到，保证了施工的顺利进行。

三连发扬了不怕疲劳连续作战的作风，衬砌边墙255米，比去年同期超额完成了50%。

五连既要完成进水塔浇筑，又要清理2号井，还要盖新的工棚。由于科学安排劳力，顺利地完成了各项工作。

七连"大战红5月，力争70米"，克服了石块硬、泥水大、隧洞黑等困难，完成了导洞73米的任务，创造了导洞掘进的最高纪录。此后，他们又制定了"洞深何惧炮烟大，天大困难踩脚下。6月力争80米，七一贯通献厚礼"的新目标。

八连在断面大、电压低情况下，群策群力。其中，有一个班连续作业10多个小时，一个月完成两面掘进73米，超额完成了46%。

加强连在机器出了故障，停了4天班的情况下，仍然完成掘进73米的任务，超额完成了4%。

为了落实指挥部下达的1975年8月1日前5号、6号井下隧洞贯通的要求，4月3日晚，七连指导员武振海召集大家，连夜召开动员会。七连干部冲在前，群众有劲头，打眼放炮、推车出碴、互相配合、协同作战。1975年6月27日，七连与加强连的工友共同贯通了5号井、6号井1600余米长的隧洞。4年多来，七连开山凿洞达1126.7米，为早日引水入川贡献了力量。

6月16日，指挥部在一连驻地召开了"7号井、8号井胜利贯通庆祝会"。一连领导徐步山在庆祝会上说：

我们在连续10个月的掘进工程中，战胜塌方80余次，新开竖井48米，凿通隧洞76.8米，终于提前半个月，于1975年6月15日贯通了7号井、8号井。我们是去年（1974年）8月4日调到前山8号井掘进。为了尽快完成任务，一连的保管员、卫生员、炊事员、会计他们没有休息时间，和大家一起在一线干活。我们一连有28人在塌方中负了伤，他们明知有危险，迎着"泥老虎"上前，还有兄弟连队来支援。指挥部负责同志说，昔日的"泥腿子"，今天的英雄汉！你们在干中学，在学中干，在实践中摸索出了一套劈山凿洞的经验。

香营公社的负责同志也出席了庆祝会。会后，白河引水工程业余文艺宣传队为大家演出了节目，大家在欢笑与掌声中结束了聚会。

第四节　白河隧洞竣工通水

燕山天池草木香，
佛爷顶下好风光。

1978年4月15日上午11点，北京市领导在白河工程指挥部负责人的陪同下，从佛爷顶后山隧洞进口乘车，在14里的隧洞中行驶。从前山隧洞出口出来后，会场一片欢欣鼓舞，鼓乐齐鸣、彩旗飘荡、载歌载舞。

延庆县白河隧洞竣工通水庆祝大会开始了！大会主席台中央并排悬挂着领袖画像，10面红旗分列两旁。两侧是白河工程四大主体工程的示意图。会场四周"愚公移山、改造中国""水利是农业的命脉""自力更生、艰苦奋斗"的红色大字格外醒目。会场周围，"全党动员，大办农业"等大字标语牌，在300面彩旗的辉映下显得十分壮观。从上午8点开始，一队队民兵，高举红旗，喜气洋洋，从装饰一新的凯旋门昂首进入会场。参加大会的还有延庆县各级机关团体、厂矿代表、中小学生代表、兄弟工地古城水库的代表，总计10000多人。

中共延庆县委书记、县革命委员会主任鲍溥汉向大家汇报了白河工程开工8年来的情况。北京市委第一书记、市革命委员会主任吴德，北京市委第二书记、市革命委员会副主任倪志福到场讲话。康付代表白河工地猛虎九连，张爱珍代表全体工地民兵在大会上发言。

讲话结束后，北京市领导人在鲍溥汉和郭春云的陪同下，健步走下主席台。在隧洞出口，吴德为隧洞竣工通水剪彩。人们敲锣打鼓，鸣放鞭炮，欢庆通水剪彩和观水仪式。历史记住了这一天，在鲜花盛开的4月15日，滔滔不绝的白河水穿过14里输水隧洞奔流向前，望着滚滚而来的幸福水，延庆人民实现了多年的夙愿！

鲍溥汉在白河隧洞竣工通水庆祝大会上的讲话（摘要）

白河引水工程是重新安排延庆山河的骨干工程。主体工程包括4个部分：一是坝高42.1米，蓄水近1亿立方米的水库。二是全长14里，可输水20个流量的隧洞。隧洞全长7110米，洞宽2.9米、高3.8米，横穿海拔1200米的佛爷顶，全部混凝土衬砌。三是东水西调，长15里的补水渠，补充官厅水库用水。四是全长160里的南干渠、北干渠。工程全部完成后，将极大地改变延庆县水资源贫乏、地下水不足的现状，使16个公社218个大队的21万亩的耕地得到浇灌。并形成了白河堡水库、古城水库、佛爷口水库、妫水河两岸完整的灌溉水系，为农业的高产稳产创造条件。

白河引水工程于1970年正式破土动工，1976年隧洞贯通年，1978年3月完成全部工程，共投工700万个，全县劳动力平均投工近百个，完成土石方及混凝土172万立方米。在隧洞工程进行的同时，从1974年开始了修筑水库大坝的准备，并修建了补水渠和南、北干渠第一期工程，打通了1条导流隧洞及6条总长5里的干渠隧洞。还同时修建了大小建筑物40多座，取得了第一回合的胜利。

白河隧洞工程规模大，地质情况复杂，技术设备条件差，延庆人民敢想敢干、敢于创新、敢打敢拼，办前人没有办过的事业。1970年，在"全县人民总动员、誓把白河引进川"的号召下，浩浩荡荡的治水大军开进了白河工地，开始实施白河引水工程。白河输水隧洞虽然竣工了，但"加速白河堡水库的建设，尽快实现东水西调"的任务十分艰巨。4项主体工程还有3项没有完成，还有428万土方等待着开挖，还需要投工1300万个。我们要发扬"愚公移山、改造中国"的精神，再接再厉，力争早日完成修筑大坝、补水渠和南北干渠的任务。

倪志福在白河隧洞竣工通水庆祝大会上的讲话（摘要）

长达14里的白河隧洞，经过将近8年的艰苦奋斗，今天胜利通水了！延庆县人民为了完成这一工程，付出了极大的努力。战斗在白河隧洞的同志们，发扬了"愚公移山、改造中国"和"一不怕苦、二不怕死"的革命精神，夜以继日，挖山不止。战胜了种种困难，完成了前人没有做过的事业。在这里，我代表中共北京市委、北京市革命委员会和全市人民，向白河工地的同志们表示热烈祝贺！向先进单位和英雄模范表示敬意！对在这一工程中英勇献身的6位同志表示深切悼念！

白河工程除了今天完工通水的白河隧洞外，在山后还要修建一座1亿立方米的大型水库。在山前还要修建总长160里南北干渠和通往官厅水库的补水渠。工程完工后，不仅使延庆县的40多万亩平川地实现水利化，而且可以将白河水补入官厅水库，使首都西南郊区的工业、农业和城市用水得到调节和补充。同志们，今后的任务还很艰巨，希望同志们再接再厉，乘胜前进，多快好省完成下一阶段各项施工任务。

第五节　我是白河人

渴　望

日夜渴望这一天，水库建成灌良田。

千里麦田翻金浪，电流送到农家院。

日夜渴望这一天，满库绿水映青山。

渔船点点歌声起，库边鲜果枝头颤。

2019年秋天的妫川大地，梯田水浇、绿带环绕、苍松为帽、花果缠腰。吃水不忘挖井人，吃水不忘当年的白河人，吃水不忘白河引水工程。请你和我一起走进白河引水工程。

白河引水工程分两个阶段实施。第一阶段为1970年至1981年8月，主要进行了输水隧洞、溢洪道、导流泄洪洞及大坝前期准备工作。第二阶段为1981年年底至1983年7月。由于采用汽车运土，推土机铺路，加快了工程进度，完成了水库大坝、环湖路、溢洪道和导流泄洪洞等引水工程的建设。其中，第一阶段的引水工程——掘进14里的输水隧洞是重中之重。

输水隧洞于1970年9月6日开始施工，到1976年5月16日，整个隧洞全线贯通。1970年9月6日输水隧洞进口破土动工，这一天后来被定为白河引水工程开工纪念日。

根据延庆县政府的安排，首先从城关、沈家营、下屯、井庄、永宁、香营等7个川区公社抽调民工350名，开始做施工前期准备。之后，白河工地的人数逐渐增加。到1971年民工增加到800人，1976年增加到6537人，这还不算临时突击的参与人员。参加施工的民兵按半军事化形式编制，以公社为单位组建施工连队，连以下设排、班。

输水隧洞于1970年9月6日由永宁公社组成的五连开始劈坡，紧接着佛爷顶分水岭以北的1至6号竖井于1970年年底前陆续开工。1971年5月25日，由康庄公社组成的九连进入7号竖井施工。8号竖井于1972年6月20日开工。为扩大施工工作面，1974年12月9日，在7号与8号竖井之间又开凿了9号竖井，多工作面分段施工。1976年5月16日下午1点50分，随着6号至7号竖井最长的一段2513米隧洞开通，全长7110米的输水隧洞全线贯通。

白河隧洞不仅是一项防洪的水利工程，也是一座不朽丰碑——一座顽强抗争、不屈不挠的丰碑！

回想风雨岁月，难忘佛爷顶下的王虎、郭春云、许丛林……民俗曰："天有三宝日月星，地有三宝水火风，人有三宝精气神。"在白河这片土地上，有人性，有良知，有正义，而最宝贵的是那种艰苦奋斗、勤俭节约的精气神！

艰难铸就伟业，磨砺塑造精神。在历时14年的引水工程建设中，从延庆县各村镇来的白河人，凭着建设家乡的胆识和气魄，凭着不怕吃苦的顽强毅力，手把钎、人拉套，夏天一身泥，冬天一身冰，披荆斩棘、日夜奋战。施工之初土法上马，有一首打油诗描述了当时的情景：

手握钢钎用锤砸，
上下井口麻绳拉。
提着油灯点炮捻，
排风赶烟土办法。

兴修水利的过程可谓艰苦卓绝，以一种传统原始的劳动方式创造了人间奇迹，让延庆人喝上了白河水，让万亩农田得到了灌溉，让妫川儿女盼望已久的梦想得以实现，而且能够让举世闻名的2019年北京世园会和2022年北京冬奥会用上了白河水！

第四章

白河歌声

第一节　激情岁月

那是一段激情燃烧的岁月。治水大军开进了白河两岸，沉睡的荒山被炮声震醒，寒冬的峡谷充满了春天的阳光。1974年12月3日，白河工程指挥部召开了溢洪道、导流隧洞、进水塔开工典礼大会。

初冬暖阳晴空碧，几缕白云蓝如洗——那是一个驱严寒，谱新歌的激励人心的场面。白河引水工程业余文艺宣传队的队员们，在开工典礼的大会上亮相。宣传队队员每人穿一套灰色再生棉服装，上面印着"白河宣传队"字样，脖子上系一条白毛巾，精神抖擞地上台大合唱：

白河水哟长又长，
白河两岸尽朝阳。
展我治河锦绣图，
群山岭上摆战场。
……

他们用说唱、歌剧、舞蹈等文艺形式传颂着"模范老连长""工地标兵""猛虎连队"的故事。他们根据白河引水工程指挥部提供的先进事迹，自编自演了歌曲《白河战歌》《白河工程运输连》，小戏剧《一根镐把》和快板书《老炮工》。

打眼放炮都能干，

悬崖峭壁全无阻。

为把山洞早打穿，

苦干实干拼命干。

每一个节目形式活泼，而且都与劈山凿洞、引水入川有关。

从表演样板戏片段到舞台小型歌剧，从自编话剧小品到器乐演奏，白河引水工程业余文艺宣传队的队员们就这样奉献着青春。

"万米隧洞穿山过，千尺碧波灌良田。"从隧洞掘进衬砌到后勤运输修配场地，从佛爷顶前山工棚住所到佛爷顶后山溢洪道工地，到处都有宣传队员的身影。白河工地留着那一段激情燃烧、热血沸腾的人生时光。

那个年代人人会哼一段，台上演出台下一起跟着唱。开工典礼大会最后的高潮是全场大合唱《白河战歌》（马玉昌词、张维信曲）——

白河水、水流长，浪花飞溅放声唱。

英雄的民兵，生产的闯将，意气风发斗志昂扬。

晨风吹动了鲜艳的红旗，深山里欢乐的笑语飞扬。

引水敢劈千重山，擒龙踏破万里浪。

小小工棚连天下，五洲风雷胸中装。

为改变山河旧容貌，不修好白河决不下战场！

白河水、翻激浪，银波跳跃奏乐章。

英雄的民兵，学习的榜样，壮志凌云红心向党。

炮声震醒了沉睡的荒山，创业歌随风在大地回荡。

战天斗地学大寨，塞外建成鱼米乡。

大干誓言震山河，继续长征奔前方。

为实现四个现代化，我们愿献出自己的力量！

海陀山高白河长，妫川儿女斗志昂。精彩的表演，让现场的建设者们意气风发、斗志昂扬……

　　有这样的白河人，何愁7000多米的隧洞打不穿？

　　有这样的白河精神，何愁南北干渠的渡槽架不起？

　　白河人要用自己勤劳的双手，努力开创美好的明天！

第二节　激情飞扬

　　白河引水工程业余文艺宣传队是从各民兵连队选调到炸药厂的，标准3条：一是思想好，二是有艺术特长，三是能吃苦耐劳。宣传队队员们隶属于炸药厂，是白河引水工程指挥部直接领导下的一个连队。宣传队是个大杂工，宣传队队员们什么活儿都干：制作炸药，给工地洗衣服，扎手套，给民工拆洗被褥，当话务员、战地广播员、井下宣传员，还在井下打过洞、钻过眼。总之，一年365天，天天有干不完的事。

　　井上井下，山里山外，到处都活跃着宣传队队员们的身影。他们体会最艰难的活儿是往山洞扛炸药：用毛驴推碾子（配制炸药），再把做好的炸药，一箱一箱扛到山洞里去。几十斤重的木头箱子扛上肩膀，沿着山间小道快速走到山洞里。木箱子上的铁丝把手划破了，肩膀磨肿了，渗出一道道血印，火辣辣地疼。到了晚上休息时，浑身没有一点儿力气。可是早上起床后，他们马上又变得生龙活虎，欢声笑语充满了工地。

　　宣传队的姑娘们，大多十八九岁，一个个模样出众，水灵灵的。虽然穿着打补丁的灰色衣服，但她们给人的感觉却是一朵朵粉红的荷花。白天，宣传队队员们边劳动边记台词，时而引吭高歌，时而哼起小调，给工地带来欢声笑语；晚上，他们或在宣传队住的工棚，或在自个儿搭建的戏台上，拉胡吹笛，唱歌跳舞，井然有序地排练节目。

春光明媚精神爽，
晨光破晓出了庄。
手挥银锄齐奋战，
汗水洒满块块田。

当年，这首《白河四季歌·春之曲》深深地烙上了青春的记忆。笔者采访时见到了从延庆区文化馆退休的王平女士，她的父亲是延庆县新华书店第一任经理。也许是文化的熏陶，王平从小就喜欢写写唱唱。1970年，王平初中毕业后，当年年底来到了白河工地，一干就是3年时间。1974年，她离开了白河工地，就读于延庆师范学校。王平后来走上了工作岗位，而最初显示出来的文艺天赋，来自于这一段经历。

晨风吹、树枝摇，
天上星星眨眼瞧。
东方欲晓彩霞飞，
小鸟正在睡大觉。
醒醒吧，小鸟，
白河宣传队喊嗓子，
小心把你吓一跳。

宣传队队员们怀着满腔热情，紧贴生活，紧贴连队，定期更换节目，内容不断充实。他们经常是上午排演，晚上就给大家演出。当时，十几个宣传队队员背着道具，拿着家伙什儿，从前山走到后山，走几十里山路，到工棚给大家慰问演出。后来工地有了大拖拉机，宣传队员们就坐着拖拉机到连队演出。再后来工地有了130汽车，他们可以乘车定期到连队巡回演出。工地最初有15个连队，分别驻扎在15个山沟。随着工程的进展，工地增加到30多个连队，有七八千人。对于白河工地的建设者们来说，能看到"文艺轻骑兵"的演出，无疑是享受了丰盛的精神大餐。

　　1972年1月8日，对于19岁的刘丽娟来说，是一个难忘的日子。那天，许丛林从康庄公社领着刘丽娟等4个女孩子前往白河工地。他们在康庄公共汽车站乘车，再到延庆县城转车到百里以外的白河工地，当时刘丽娟等人兴奋而快乐，可是许总指挥看穿了她们的心思，给她们泼了一瓢凉水："不要认为出来是享福哇，宣传队生活是很苦的哇！"这让她们有了吃苦的心理准备，果不其然，其艰苦生活的程度远远超出了想象。吃的是窝窝头，喝的是没有油水的菜汤以及山沟的溪水。

　　青春是美好的，但充满了艰苦的磨炼。刘丽娟在天寒地冻没有门的厂房里，卷蜡筒装炸药，身子冻僵了，手背冻得红肿，仍然坚持干活。为了排演好歌舞，刘丽娟趁大家中午休息的时间，跑到偏僻的地方，反复练习歌舞动作，没日没夜地背诵自编自演的台词，同时还要做到扮相好、唱相好，一招一式，尽量到位。由于表现突出，她曾担任过宣传队副队长，1974年被选拔到延庆县文艺宣传队。时光荏苒，几十年一闪而过，年过花甲的刘丽娟回首白河岁月，恍然如昨，那是她美好人生的美的起点。

　　白河宣传队队员王金霞后来做了延庆二中教师，如今虽已退休，可仍然念念不忘那段快乐而艰辛的日子：

　　有一次，我们到马匹营，那是我第一次去巡演。那天大雪飘飘地下，可人们不走，所以我们就必须照常演出。他们底下的人就那么站着看，有的打着伞，有的就顶着雪，一直看到我们演完。回来时，我们坐车走在山路上，全体队员情不自禁地在车上合唱《白河战歌》，就那么大声唱。已经是晚上了，我记得那歌声回荡在白河堡水库的山谷里，特别雄壮。那时候就是一种精神，好像是一场战斗似的！打完这场战斗，我们赢了，我们胜了！

　　人们欣赏美，赞扬美，追求美。高尔基说："只有美的人才能唱得好——我说的美的人，就是爱生活的人……那些不会生活的人就会睡觉，而喜欢生活的人就唱歌。"美的心灵像甘泉，像雨露，使周围的一切都沐浴着美的光辉。1974年王金霞考入北京师范学院，离开了白河工地。1978年庆祝白河前山通水时，她带领中学生前来参加庆典，给学生们津津有味地讲起修白河的故事。

文艺宣传队跋涉白河工地，踏遍南北干渠，演出了一场又一场的文艺节目。快板、歌剧、河北梆子、京韵大鼓、笛子独奏、二胡清唱，常常赢得阵阵掌声，受到了大家的欢迎。在那个特殊年代，宣传队队员们很单纯。大家一心投入排练、演出，无怨无悔，以能参加宣传队为荣，以能得到观众的掌声为乐。不论是先进表彰大会，还是元旦、春节、国庆节，他们总是刻苦排演，不辞劳苦，迎着风雨下连队，为白河工地增添了欢乐的气氛，鼓舞了大家的干劲儿。

第三节　优雅举止

鲜花曾告诉我你怎样走过

大地知道你心中的每一个角落

甜蜜的梦啊　谁都不会错过

终于迎来今天　这欢聚时刻

……

2019年2月25日上午，在延庆区文化馆退休职工王平的召集下，笔者有幸参加了当年文艺宣传队队员的小聚会。参与者有丁立兴、张振泉、刘丽娟、王金霞、陈瑞梅、田风兰、李月琴等人。当年的青春少女和英俊小伙，如今已是两鬓斑白，不变的是芳华依旧。

草根岁月有真情，抬眼便是满天星。夏天晚上睡觉，透过简易的顶棚可以看到天上的星星月亮。寒冷的冬夜，从顶棚上飘下的雪花，打着眼睫毛，往鼻孔里钻，睡觉要戴帽子、口罩。倒在柔软的稻草铺的木板上，望着头顶飘荡的雪花，继续做着香甜的梦……

吃着窝窝头，喝着山泉水，憧憬着修好白河以后的美好岁月。

回想风雨岁月，最宝贵的是那种艰苦奋斗的精神，造就了后来的人生之路。生活简单，心大如水。在以后的人生道路上，不论遇到多大困难，与当年的白河比，都不叫事！

大家绘声绘色说往事，说身边事，亲切而共鸣。追忆起40余年前的缘分情意，一切似乎都变了，但音容笑貌不变，举止言谈不变，特别能吃苦的宣传队队员不变！白河的经历，让他们坚强无畏、乐观通达。白河的磨炼，让他们容忍谦让、豁达大度。白河的人生，使他们对美好的生活量力而行，学会了感恩和知足，去追求美的生活，继续创造美的未来。

当年的文艺宣传队队员王平、卢玉德、张维信等人，如今仍在延庆区文化部门从事曲艺工作，他们教着下一代，用他们的人生经历、文艺才能去陶冶下一代人，做好中华优秀文化的传承与弘扬。传承人是文化艺术的代表，担负着承上启下的责任。人在艺在，人亡艺绝，如果哪一项民间文化没了传承人，这项民间文化就消失了。尤其是民间文化处于濒危的状况下，传承人的意义就分外重要。

2019年延庆区电视台春节晚会，给观众留下深刻印象的是，有一个京韵大鼓的说板书的演唱者。他就是曾担任过当年白河引水工程业余文艺宣传队队长的卫宏秀。卫宏秀的妻子杜玉琴，当年是白河工地上的保管员。他们夫妻和所有的白河人一样，吃过苦、受过累，但收获更多的是喜悦。

卫宏秀19岁来到白河工地，在白河堡水库工作了48年，2012年办理退休手续，直到2018年11月才正式退了下来。卫宏秀经历了6任白河负责人：郭春云、许丛林、董文、刘广明、刘兴仕、王迎喜。卫宏秀在文艺宣传队工作了七八年，见证了文艺宣传队成立与解散的整个过程。从1971年6月1日正式成立延庆县白河引水工程业余文艺宣传队到1979年11月31日宣布解散，文艺宣传队前后8年，经历了3个阶段：开始阶段有40多人，中间阶段有18个人，最后留下来5个人，即卫宏秀、张维信、孙大兴、刘秀军、金桂凤。随着白河堡水库的完工，白河引水工程业余文艺宣传队完成了光荣的历史使命。

文化的纯美和高雅，可以淡化每一个人脸上的浮躁和冷漠。王平、卫宏秀、卢玉德、张维信、李自星等人老当益壮,被誉为"文艺常青树"。这一代的白河人,是勇于担当的一代,是激情澎湃的一代,是坚忍执着的一代!白河的经历是他们一生中,最值得回忆和最值得珍藏的个人青春奋斗史。

第四节　平平淡淡

当年的白河工地人才辈出，有些人甚至成了某一方面的领军人物。当年参与白河宣传、热爱写写画画的李自星，如今已从延庆区文化馆退休。李自星先后加入中国书法家协会、中华诗词学会、中国楹联学会等学会，担任北京匠门书画院副院长。在诗、书、画等方面造诣颇深。

看尽繁华，才懂淡然；经历磨砺，才得从容。眼下，需要的是让生命安恬，守心自暖，岁月静好。李自星曾经手书《自勉》诗一首：

当知名利若云烟，淡泊躬勤心自安。
处世做人应走正，揆情度理勿持偏。
春风雅量胸襟阔，霁月高怀眼界宽。
俭约朴诚冰玉洁，宁轻富贵莫轻贤。

2019年2月，李自星在饭桌上给当年的白河人讲了一个老铁匠的故事，故事意味深长，权作此章的结尾吧——

古镇的老街上有一铁匠铺，铺里住着一位老铁匠。由于没人再需要定制铁器，他在铺里改卖铁锅、斧头和拴小狗的链子。人坐在门内，货物摆在门外，不吆喝，不还价，晚上也不收摊。生意也没有好坏之说，每天的收入够他吃饭和喝茶。

当你经过老铁匠的门口,总会看到他在竹椅上乐呵呵地躺着,手里是一部收音机,身旁的小木桌上放着一把紫砂壶。一天,一位文物商人从老街上经过,偶然看到老铁匠身旁的那把紫砂壶,仔细鉴赏之下,认定此乃清代一位名家亲手所做。商人惊喜不已,欲以10万元的价格买下它。老铁匠先是一惊,后又拒绝了,因为这把壶是他爷爷留下的。他们祖孙三代打铁时都喝这把壶里的水,他们的汗也都来自这把壶。

壶虽没卖,但商人走后,老铁匠有生以来第一次失眠了。这把壶他用了近60年,并且一直以为是把普普通通的壶,现在竟有人要以10万元的价钱买下它。

过去他躺在椅子上喝水,都是闭着眼睛把壶放在小桌上,现在只要听到响声,他就要坐起来看壶是否还安在,这让他很不舒服。更难以容忍的是,当镇上的人知道他有一把昂贵的古董茶壶后,纷纷上门索问还有没有其他的宝贝,有的开始向他借钱,有的甚至悄悄地潜入门来"寻宝"。老铁匠的生活被彻底打乱了。

当那位文物商人带着20万元现金,第二次登门的时候,老铁匠再也坐不住了。他招来众多邻居,拿起铁锤,当着众人的面把那把紫砂壶砸了个粉碎。

接下来,日子渐渐恢复平静,老铁匠依旧在卖铁锅、斧头和拴小狗的链子。每天躺在竹椅上,听着收音机,用搪瓷杯喝着茶水。据说他现在已经活过了100岁。

这个故事的看点,莫过于老铁匠举起铁锤的那一砸,洒落一地的不只是一堆碎片,也不只是一摞钞票,而是无尽的欲望、贪婪和痴迷。所谓知足者常乐,某些时候,能守住平静,方能守住快乐。

老铁匠经历了由平淡生活到痛苦纠缠,再到痛下决心之后的回归平淡。"不为浮云遮望眼,平平淡淡度余生。"

当年的白河人听完这个故事齐声叫好。是的，当你看透一切后，你对一切也就淡定自若，从容自如了。钱财只不过是身外物，人能健康快乐地活着，这也算是一种大彻大悟吧。

第五章 白河互助

第一节　白河工地"八大员"

岁月悠悠，光阴荏苒。半个世纪过去了！当年的白河人，将美好的青春奉献给了那片土地。当年的热血青年，如今已是两鬓花白、苍颜皓首。每当回忆白河，他们怎能忘记朝夕相处、苦乐与共的同志？

大家搞卫生，

伙房无一蝇。

没有生馊饭，

饭菜花样新。

预防传染病和食物中毒是民工生活中的大事之一，因此工程指挥部经常评比红旗伙房和模范卫生连。14年的时间里，近万人的工地，没有出现一起传染病和食物中毒事件！可以说，当年的后勤保障已经尽了最大的努力，为民工提供必要的生活和工作环境。

白河乃是人间小社会，"三百六十行，行行出状元"。白河工地流传着"八大员"的故事，有炊事员、驾驶员、宣传员、放映员、保管员、安全员、施工员、测量员……

"八大员"是个统称，白河工友们展友爱之风，现和谐之美，可歌可泣的事迹不胜枚举，正如当年白河引水工程业余文艺宣传队自编的《卫生员之歌》所唱的那样——

山丹丹开花哟山巅巅香，
红十字药箱沐浴霞光。
赤脚踏遍千重岭，百里工地胸中装。
披风雨、戴星月，冒酷暑、战寒霜。
废寝忘食送温暖哟，满腔热血斗志昂。

山丹丹开花哟山巅巅香，
红十字药箱沐浴霞光。
双手巧诊百样病，白河弟兄贴心房。
送药品、搞预防，守病号、端饭汤。
劈山引来白河水哟，心花怒放情更长。

文明是友爱与互信，文明是法治与民主，文明是慈悲与宽容。权力与金钱，身份与名声不等同于现代文明。回溯20世纪70年代的白河工地，那是一个艰难困苦、青春无悔的地方，那是一个跌宕起伏、有故事的地方。而所有这一切，正是现在全社会提倡的正能量。

炊事员　送水员　保管员　驾驶员

1971年7月24日，大雨下个不停，在井上干活的民兵们疑惑地说："这样大的雨，炊事班的饭送不上来了吧？"正在大家饥肠辘辘的时候，影影绰绰地看见山道上有两个人挑着担子，摇摇晃晃地行进在风雨中。好几个人忙迎上去，一看是二连烧水工侯茂山和另一个炊事员。他们的汗水和雨水流在一起，成了两个泥人。二连的民工连忙接过湿漉漉的两个担子。吃着他俩送来的热腾腾的窝窝头、馒头、炒菜，喝着两桶热开水，大家的干劲儿更足了。

八连民工张自生负责送水到工地。张自生起早贪黑、忙忙碌碌。他说："当年延安根据地的老战士张思德为了革命烧炭，我要为修白河烧好开水。"每天凌晨4点，他就起床开始劈柴、担水。他尽量用枯木朽板烧火，能节省一块煤是一块。他把煤矸石砸成碎块，和好煤掺在一起烧。清理煤灰时，他将煤灰拨过来，翻过去，寻找没有烧透的小煤块。不仅如此，他每天还要挑着担子，走几里地的山道，将开水送到井口。

乔树安是一连的保管员，他到白河4年多来，一直担任保管员工作，人称"红管家"。他什么活儿都干，经常到工地上参加劳动。业余时间，他做得最多的是给工地送开水。井下工作量大，出汗多，容易口干舌燥，他便主动地承担起送水的活儿，争取每天送两次开水，把水挑到山上的井口。他挤出时间，每天上午、下午各烧两大壶开水。有时候大铁壶不够用，他就用佘子在炉灶上，将烧开的水一佘子一佘子地倒到水桶里边。1975年3月24日，大家在井下工间歇息时，口干舌焦。有的同志说："别着急，咱们的义务送水员快来啦！"正说着，在井口干活的同志看到汗流浃背的老乔担着两桶开水，吃力地走过来。大家马上迎了上去，接过挑子。大家边喝水，边笑着说："你这真是雪中送炭啊！"老乔擦拭着头上的汗说："你们干得痛快，不闹毛病，就等于我给白河做了贡献。"

1971年6月27日，保管员姬万忠、刘广明一大早冒着大雨向井眼走去。"如果水泥被淋坏，或者被山洪冲走，就会影响施工进度。"他俩想到这里，不由得加快了上山的脚步。他俩及时地赶到井眼，采取了防护措施，避免了国家财产受到损失。除了他们两个，还有著名的木板看管员万明山。关于他的事迹，当时有一首《工地短歌》[①]，唱得非常好：

木板看管员，名叫万明山。

[①] 引自《战白河》，1980年5月6日：溢洪道料厂通讯员撰稿。

工作负责任，场地看守严。

木板垛整齐，这就叫贡献。

若问他在哪，就住十二连。

1979年11月，付展明从古城水库来到白河工地，连续4年被延庆县评为安全驾驶员。1980年实行单机核算以来，天天超定额，月月超任务。他起早贪黑、加班加点。每天早晨4点起床，晚上10点收工。在1月寒冷的冬天，工地从密云县调运一批水泥，往返一趟需十几个小时。他连续出车11趟，直到把这批水泥运完。从前山仓库往后山溢洪道运水泥，每天定额6趟，他为了多运些，凌晨就出车，晚上11点才收工。从大柏老沙石场往工地运沙石料，往返40千米山道，其他司机每天运4趟，他每天拉6趟。多余拉的两趟是在上班前，吃早饭前，挤出时间完成的。

修鞋匠宋兆顶

在白河工地上干活，费鞋。鞋坏了，可别扔，您把鞋交给他，保管给您修得整洁大方、结实耐穿，穿在脚上还特别舒坦、合适。他是个摆摊修鞋，在此谋生的人吗？不！他是一个义务修鞋匠。这个人就是运输连的民工宋兆顶大爷。

宋大爷当时六十来岁，胸前戴着一条再生布的围巾，两只耳朵上挂着一副旧式老花镜。圆脸盘、大眼睛，额角还有几条很深的皱纹。个儿虽不高，却显得敦实健壮。一双粗糙的大手，短而有力。他满脸微笑地坐在一条小板凳上，身边摆着一只木箱，里面装着各式各样的修鞋工具，忙活着给民工们修补鞋子……不知根底的人，还真把他当成修鞋匠哩。其实，修鞋是他分外的事情，是一桩赔钱的买卖。

可他乐意做这桩赔钱的买卖。不论是认识还是不认识的，男的还是女的，老的还是少的，凡是白河民工让他修鞋，都行。鞋修好了，穿上鞋，您打个招呼走就是了。如果硬要给他留个烟钱，或者小礼物什么的，他就不乐意了，兴许放下脸子批您一通，说您不是自家人。

1972年，宋兆顶刚来工地时，在3号井出碴。别人下班了，他还在井口上归置东西。到了晚上，别人入睡了，他还在电灯底下缝补旧鞋。有一次，他下了夜班刚要脱衣休息时，烧水工谢长石跑了进来："宋大爷，您替我烧一会儿水，我去白河堡村供销社买双鞋。"宋兆顶一骨碌爬起来说："行！行！"谢长石正要转身往外走，宋兆顶看着他的脚下说："你脱下来我看看，能不能再补一补。"谢长石不好意思地说："这双鞋，您给我补过3次啦！"宋兆顶却说："不管几次，能补尽量补，补一次能穿一两个月哩。"谢长石只好脱了鞋，让他修补。

1975年，宋兆顶调到运输连，主要是看护管理蔬菜。他除了完成好本职工作外，业余时间仍然摆摊修鞋。运输连附近的几个单位，如炸药厂、仓库连、修配连的民工，不少人都让他修补过鞋。大家都说："穿着宋大爷缝补过的鞋，干起活儿来格外有劲儿！"

第二节　仓库连的后勤保障

兵马未动，粮草先行。提高对人、财、物的利用率，是后勤管理的主要作用。白河工地的仓库连，在后勤保障方面做到了"财尽其力""物尽其用"，为"人尽其才"创造条件。仓库连的后勤保障更多的是体现了一种文明行为。文明是一种精神，是深藏于心的挚爱，是公正的制度，是遵守规则法律的自觉。

从小处着手

井眼就是战场，勤杂就是后方——仓库连发扬从小处着手的精神，在保管物资、进出货物中，不浪费一寸铁丝、一张纸片。1975年5月，工地上水泥用得多，仓库连将用完的水泥袋收集起来，将完好的水泥袋和破损的水泥袋，分门别类，展平捆放，再次利用，不浪费一张纸。他们从"大处着眼，小处入手"，大材不小用，整材不零用，优材不劣用。

担负着保卫白河仓库任务的警卫班，昼夜不停地在仓库内外巡逻，警惕地守卫着防区。仓库院落长了杂草，他们就动手清除，周围铁丝网不牢固了，马上修补。到仓库装送水泥的车将水泥撒在路上了，他们扫起来，撮进旧水泥袋子，交给仓库保管员。运到仓库院子里的杂木杆子，横七竖八地堆放，他们一根一根地码放整齐。施工中双轮小推车使用量大，更新快、替换多。他们认为双轮小推车上的车辐条，可以继续使用，便一根根地卸下来，砸直后，绑扎成捆。几年过去了，他们修车用了1万余根卸下来的旧辐条，节约出了一笔不小的开支。

缝纫组

截至1975年6月，仓库连缝纫组成立已有3年。刚开始的时候，只有男民工胡明掌握了缝纫技术，其余两名女青年从没有摸过缝纫机。一间工棚、一台旧缝纫机便是他们的全部家当。

在胡明的耐心帮助下，这两名女青年很快掌握了缝纫技能。最难做的活是导风筒的翻旧成新。要翻新10余米长的导风筒，需要一个人扎机器，另外一个人扶持。遇到导风筒连接的铁圈，还要绕铁圈多扎几道。最头疼的是导风筒翻旧成新时，石棉末子四处飞溅，到了晚上休息时浑身刺痒。仅1974年他们就修补导风筒170条，免去了4000多元的购买款项。

井下用的防水手套，过去都是购买的，还经常不能及时买到，缝纫组主动承担了制作的任务。在修配连的帮助下，经过多次试验，研制出了用电烙铁加工改成的"热合机"，每人每天能压制塑料防水手套300多双，经过技术攻关，后来每人每天能压制塑料防水手套600双，基本上满足了井下施工的需要。

在胡明的带领下，他们用这台旧缝纫机拆旧翻新了背包、围裙、手套、工作服、导风筒……3年时间下来，他们竟为国家节约开支12494.9元。可别小看这12494.9元，当时每个民工每天的报酬是0.5元，算下来，一个民工一个月能领到15元，当时一个人5分钱能吃一顿饭。就是这每天的0.5元，顶生产队一个棒劳力的工分。

1975年6月，缝纫组增加了一个女青年。4个人每人都有一台缝纫机，承担起了更多的任务。他们每做一件活，精打细算、一丝不苟。比如用旧雨裤改成围裙，从裤缝拆开费工费时，只能做一条；从裤裆里拆开，省工省料，还能做成两条。在缝纫组手里没有废料，剩下的布块可以给衣服打补丁，再剩下的布尖给手套做沿边。缝纫机一直坚持自己修理，以节约为荣，3年多了，总共只花了十几元钱购买些缝纫机上必换的小零件。

财务制度

1978年12月20日，工地指挥部表扬了坚持财务制度的三十二连。3名保管员进出库手续规范化，领料手续健全。每种材料必须经施工员和连干部审批、营干部签字方可领取，并做到妥善保管、合理使用。由于三十二连负责施工的渡槽在村子里，保管员当日清理，及时回收，防止了丢失。

同时，工地指挥部对所有的团、营、连所在工地进行了财务、财产清查。并对仓库保管员进行业务培训，学习记账知识，练习打好算盘。仓库连负责人赵景仪要求大家面向生产第一线，练好业务基本功，为所有连队服好务。

仓库连负责妇女工作的连长兼团支部书记王亚丽，要求团员青年做到"三懂"（懂制度、懂业务、懂生产知识）、"四会"（会记账、会算账、会分析、会保管）。1978年12月8日，仓库连对前山仓库15名保管员进行了7个项目的业务测试。在测试中，负责3个生活劳保库共计179种规格物资的曹金兰，在珠算计算上既快又准，在当日库存数量10个品种提问中丝毫不差。即便是摸黑拿东西，她依然做到了样样准确。负责3个工具库合计324种规格的保管员陈淑兰，取得了总分84分的好成绩。

工地老标兵、先进保管员乔树安自到仓库连担任副指导员以来，虽年过六旬，但仍然像年轻的小伙一样精力充沛。每次下雨，别人避雨往屋里走，他却披件雨衣到各个库房检查漏水漏洞。二十三连保管员孔庆保，发材料时手续齐全，从不马虎。在三十八连撤摊时，他所保管的物资只丢失了一顶工作帽和一副手套。

第三节　团结友爱　凝聚精神

眼里有活，不分分内分外

人心齐，泰山移。1971年1月，炸药厂要盖10间房子。因为时间紧迫，盖房砍下来的木料，只能暂时堆放在一连工棚的驻地旁边。虽然这不是一连的任务，但一连的民兵看在眼里，急在心里，并不看作"额外劳动"。于是，每天一大早，一连的民兵们就主动扛着木头前往工地，途经炸药厂时，再将木头整整齐齐地码放好。大家连续用了两个上班的时间，将10间房子的几百根檩条送到了炸药厂。

一连主动到山上，帮助电线工架接电线。1971年1月下旬，1号井眼打下5米多深，但井水上升到3米多，不断地往上涌水。情况非常危急，需要架接电线，尽快用水泵将水抽走。一连的会计阎尚宽、卫生员吕正书，看在眼里，急在心里。他们做好了自己手头的活以后，主动到工地山头上，帮助电线工架接电线。在他们的帮助下，电线顺利地架起来了，保证了竖井的挖掘进度。

"五人团结一只虎，十人团结一条龙"，友爱同心胜黄金。1975年6月，五连负责的进水塔塔身浇灌工程，时间紧迫、任务艰巨。为了加快工程进度，工地指挥部号召附近连队帮忙。"让别人做到的，自己先做到。"指挥部机关的27名人员，闻风而动，奔赴进水塔。炸药厂的女同志们当天下午，来到进水塔干活。6月11日，十五连有38名同志，不顾一天的疲劳，利用工休时间，主动到进水塔工地。七连的100多名同志，看见进水塔工地吃紧，他们刚下夜班，顾不得回工棚休息，又到进水塔干活。互利合作、团结奋进、场面感人。

4年来，50多岁的加强连机械排排长刘明，坚持和青年人一起在井下工作。1975年3月，由于人员调动，井下铁道工由原来5人减少到4人。同时，有两人因家中急事请假未归，只剩下刘明和一名新人在井下。在人员少、工作量大的情况下，刘明没有向连队要人，而是每天下井4次，工作时间长达10多个小时。这对于一个50开外的人来说，又苦又累。"苦不苦，想想长征两万五，累不累，想想革命老前辈。"这是他的口头语。人们称刘明是"塞外不老松"。

建工棚

根据指挥部的安排，修配连要在1975年5月底前搬到新建场所。新建场所的工棚是个"半拉子"工程。为了不推迟搬迁，他们决定义务整修工棚，没有向指挥部提任何要求。修配连利用几个中午和晚上的休息时间，挑水的挑水，和泥的和泥，垫地的垫地，竖起了电线杆，架起了电线，又把新车间和新工棚的墙壁都抹了一遍泥，堵住了墙壁上的缝隙。最终，他们按时搬到了新的工地。不仅如此，他们还坚持在施工中节省用料，使得工程造价逐月下降，生产速度逐月上升。

1975年10月，延庆县政府决定再增派2400名民兵到白河工地。指挥部将盖工棚任务交给了八连。为了不耽搁自身的施工任务，八连利用休息时间抓紧盖工棚。1975年10月10日晚上，他们往返4里地，到刘斌堡山上搬运木头420多根。特别是民兵苑永成、申瑞珍、卓跃宗，不仅扛得多，而且走得快。卫生员张志文往返5趟，扛回木头6根。刘生、申瑞成、乔有志、池云明为了多运回木料，在山道上用小车推回了40多根木头。

10月10日晚上，下夜班的十几个同志虽然看不清山路，不便再去扛木头，但他们主动去附近山溪挑水和泥，总计挑了250多担水，保证了垒墙和泥的需要。

1975年10月12日晚饭后，八连下班休息的人自觉去扛木头，还利用上班途经山上的机会，将木头捎回来。许多人衣服划破了，肩膀红肿了，脸上却仍露出微笑，因为他们及时备足了盖工棚的木料。在八连干部郭德稳、李德的带领下，小伙子们披星戴月地往东湾村西的新房运杂木杆和竹竿。最终，建成的工棚节约了大量的苇廉片。

指挥部和附近三连的同志们，用了17天的工休时间到山上拔荒草两万余斤，解决了盖工棚抹墙用毡问题，终于在上冻之前盖好了工棚。

依山傍水建工棚，蓝天作被地当床。大家来自不同的地方，组成了一个互帮互助的大家庭。1975年10月底，2400名民兵陆续来到了白河工地。当他们住进了新工棚并受到工友们的热情欢迎时，许多人感动地说："我们要和你们一样，鼓足干劲儿修白河！"

节约原材料

十六连修配组在修理双轮车时不乱用一根车条、一颗螺丝，能够用旧的就不到仓库领新的。不仅如此，他们还利用工余时间，四处寻找、拾捡废铁。截至1975年6月6日，他们累计捡收废铁700余公斤。

不论是严寒酷暑、白天黑夜，加强连铁道工刘明一直在井下工作，有时候一天在百米深的竖井下工作十几个小时。没有听见他喊过一声累，叫过一声苦。更可贵的是，他在井下不放过每颗废弃的铁钉、螺母。他上下班的时候，常常是低头行走，留心路边上的铁钉、螺母。有人看见他在泥水中摸索捡拾铁钉、螺母，便对他说："刘师傅，咱们白河也不缺这仨瓜俩枣的，何必较真呢？！"他说："富从俭中来，国家的财产更得一分钱分成两半花。"在他的带动下，截至1975年6月30日，铁道组的3个铁道工共从井下铁道旁边捡回道钉1000多个、旧螺丝几万个，重新修复，再次使用。

寸铁一钉要捡回，勤俭节约记心中。1975年年初，指挥部倡导"每人捡一斤废铁，上交工地，人人争当捡废铁的标兵"。该活动开展以来，截至1975年7月7日，三连共拾废铁428斤；七连捡回废旧物资500多斤。在大家的努力下，回收再造，废物利用，挖山凿洞工程的造价下降了，由过去的每米成洞957元下降到242.17元。

截至1975年7月7日各单位上交废铁表[①]

单位	一连	二连	三连	四连	五连	六连	七连	八连	九连	十连	十一连	十二连	十三连	十四连	十五连	十六连	修配连	运输连	炸药厂连	加强连	仓库连	指挥部
人数	110	161	186	157	319	190	210	163	149	172	70	130	79	166	108	154	100	53	39	314	49	133
公斤	700	6	214	100	1100	25	250	150	1308	150	94	1	0	50	380	225	130	110	0	1125	630	30

拾金不昧，舍己救人

1982年5月13日，黑汉岭公社民兵连王玉海、王玉亮去白河地筛分场办事。两人走到上坝公路附近时，发现了路旁边有一个钱包。钱包里有现金4元、粮票5斤、布票8尺，还有一张购物发票。他俩想，失主还不知道怎么着急呢。他俩等了一会儿，希望失主回来认领。看看附近没有人，他俩等不及了，便原路返回，交给了白河工程指挥部保卫处。保卫处根据购物发票的线索，打了几次电话，又派人咨询核实。5月14日，保卫处终于找到失主。失主是刘斌堡公社连队女民工马瑞华。她一整天愁眉不展，正在那儿思量布票丢失了，没法做新工作服哩。物归原主，她心里乐开了花。可别小瞧钱包里的4元钱，当时一角钱可以吃一顿饭。

1982年6月4日，黑汉岭连三排排长贺书成休假后，从家里返回连队

[①] 引自《战白河》第106期，1975年7月14日。

的路上，走到溢洪道附近，拾到手表一块。当时周围没有其他人。贺书成想，丢失手表的人现在一定很着急，可能正在四处寻找。想到了这儿他加快了脚步，往指挥部保卫处走去。经保卫处查找，是北京市基础处的徐鹏同志丢失的。他来工地后，施工中需要掌握进度看时间。认领手表时，他握着贺书成的手，十分感谢。

1982年8月18日晚上，北京市基础总队工人张风瑞和另一位同事，在白河引水工程指挥部门前捡到了一个深绿色的钱包。钱包里有5元2角钱，外部粮票58斤，内部粮票85斤，现场空无一人，他俩只好回到驻地，用电话联系了几个单位，但无人认领。他们根据内部饭票上的手章，当晚找到了康庄公社连队负责人。经核实，是民工张树林在看电影时丢失的。第二天，他俩又亲自将钱包送到了失主手中。康庄连队对他们千方百计寻失主的友爱精神，给予了高度的评价。

1982年11月2日，指挥部小车班司机张殿明在出工返回工地途中，在路边捡到了一件男式皮袄。他回到工地后，及时将失物交给保卫处，并通过工地广播及时播放了失物招领启事。过了两天，有人前来认领。在工地广播中，指挥部号召大家学习张殿明失物交公的精神。一件皮袄价值不大，但关系到一个人的一言一行。白河形象，大家爱护，淳朴待人，诚信为本。

1982年9月9日下午，下屯连二排民工张建民、王来泉、雷淑琴等5人拆除一栋旧木板房。拆得剩下最后一间的时候，5个人正准备把木板房抬起来，往外运送时，由于山坡地势倾斜，木板房失去了重心，向一侧倒了下去。这时，张建民一转身，见女民工雷淑琴待在那里，而木板房正向她砸下来。张建民不顾自己的安危，猛跑几步，一把将雷淑琴推开，木板房却向他砸来，他敏捷地歪斜了一下身子，木板房在倒地的一瞬间，将他的鼻子剧伤，脸上划了两道口子、鲜血流淌。人们将张建民扶起来，送他到卫生室。他从卫生室包扎以后，又和大家一起抬运装车。工友劝他休息，他说不碍事。直到将拆除收尾工作干完为止。

乔雨先生的《朋友》道出了当年白河人的真挚友爱——

喧嚣中给你一片/宁静/物欲横流的时代/给你一份
清纯

一首/乡村的民谣/带着淳厚与温馨/滋润你
干涸的心田

阴雨天同撑/一把/伞/骇浪中与共/一条
船

朋友/岁月流逝后的/童话/无悔历程中的
见证

——摘自《故园的冷月如水：乔雨诗画选》（三十六）

第四节　八方支援

八方支援为白河，戮力同心再奋进。在白河施工最困难的时候，延庆县各乡镇、机关企事业单位伸出了援助之手，在物资、设备、人员上给予了及时的支持，尽可能地解除白河民工的后顾之忧和生活困难，使白河工程建设克服了一个个困难，闯过了一道道难关。白河隧道施工的机械化程度逐步、逐年提高，风钻代替了钢钎、锤子，竖井安上了卷扬机，电灯代替了土瓦斯灯，抽水和排烟用上了机器，工程进度加快了，民工有了安全保障。

1971年

1月7日，夕阳西下，夜幕降临，寒冷的北风向工地扑来，二连几个工棚的宿舍内却温暖如春。沈家营公社程才等领导，代表沈家营公社党委、革委会来到白河工地慰问。三排排长肖长军代表二连全体指战员表决心：沈家营来的全体民工，为改变延庆穷乡僻壤的面貌贡献力量。

1月14日，天气格外晴朗。工棚内外，喜气洋洋。下屯公社革委会副主任赵尚代表公社党委、革委会、军宣队以及贫下中农到工地慰问。连指导员李茂富代表全连表决心：不把白河水引到山前，不下战场！

1月15日，井庄公社党委来工地慰问，赠送民工红宝书。大柏老公社党委副书记王德良到七连工地慰问,并带来一批物资。

11月16日上午,延庆县委书记王虎,副书记刘明,县委常委孙凤岗、孟宪石以及县局机关26人,代表延庆县22万人民到白河工地慰问。一行人先到隧洞出口,然后到1号、4号、5号、7号竖井工作面查看工程进展。随后,在工地现场召开了延庆县委常委扩大会议。在会上听取了白河引水工程指挥部汇报以后,王虎、刘明在会上讲话。到会的粮食、工业、商业、农机、电力、财金、民政、公安、邮电、文教卫生等县局领导纷纷表态:白河工程是改变延庆落后面貌的重点工程,一定要密切配合,大力协作,做出应有的贡献。

1974年

白河春来早,工地艳阳照。延庆县领导到白河凿山劈坡、挥锹铲土。12月18日,延庆县委书记鲍溥汉、副书记孟宪石,革命委员会副主任陈长庚,武装部政委李锡录带领260名县局领导,冒着凛冽寒风,翻山越岭来到白河工地劳动。他们在百米竖井下顶着淋头水,与加强营民工一起立桩打眼、推车运渣土。他们有的到终年不见阳光的导流隧洞、进水塔工地和大家一起奋力拼搏,有的到溢洪道里推车装土,用双手搬运石块,体会到了劳动的艰苦与光荣。

在劳动间隙,年过半百的鲍溥汉书记一边擦拭汗水,一边说:"必须坚持干部参加集体劳动的制度,体谅群众的甘苦,让政府甘心情愿地为人民服务,时刻不忘我们党来自人民、根植人民,永远不能脱离群众、轻视群众、漠视群众疾苦。"在劳动休息时,大家一起唱歌,场面十分热闹。延庆县武装部王振杰当场写诗一首:

歌声嘹亮红旗展,
笑迎寒风胸中暖。

军民团结战白河,
引水入川把山搬。

1978年

从1978年2月24日起,连续3天,延庆县委书记、县革命委员会主任鲍溥汉带领县直机关20余名同志在出口闸整修场地,为引水入川做最后的准备。鲍书记不顾天冷风寒,脱掉棉衣,挽起袖子干活。

在三闸干渠施工的二十二连和二十九连推车运土方,从每天定额50车增加到60车,尽管天寒地冻,但是大家汗流满面。猛虎九连不怕隧洞内寒冷侵肌、泥浆溅起,从每天清理整顿洞底200米增加到300米。他们保证在1978年3月5日之前完成隧洞的扫尾工作,确保1978年3月通水。

1979年

7月15日,中共延庆县委在白河工地召开有关公社负责人会议,研究解决白河民工生活困难问题。

会议听取了白河引水工程指挥部许丛林的汇报。他首先介绍了白河工程10年来取得的成绩,接着介绍了今年正在施工的情况:1号电站的开挖、清基已经完成;溢洪道已开始了闸前底板混凝土浇灌;前山的5座渡槽的工程进入扫尾阶段;一个以清库利库为中心的增产节约运动正在工地展开。他在汇报中,讲到了目前存在的问题和困难。由于今年投资的限制,工地上的大多数民工的生产和生活存在问题,还需要延庆县各个部门的支持。

延庆县委副书记、县革命委员会主任宋世荣在会上指出:"白河工程是全县人民的事业,白河的困难就是我们全县人民的困难,必须由全县各级人民政府来承担!"为此,这个月底以前,必须兑现返回生产队民工的待遇,"齐工找价"是手段,目的是尽快将待遇落实到户,让民工尽快返回白河工地。要合理解决民工在生产队记工分问题,在白河工地劳动的民工工分,不能低于生产队同等劳力的工分。今后生产队不要给白河民工分配农田任务,割麦子、割青蒿、灭荒整地、秋收打场这些活,不要再分派给在白河工地干活的人。他还进一步强调说:"由白河工程指挥部和各公社党委书记共同担责,将白河工地上的长期病号动员回生产队。凡是在工地上的弱劳动力,完不成定额任务的民工,要限期离开,并要调换生产队一等、二等劳力,保证白河工地的正常施工。我们要勇于担当负责,敢于直面风险挑战,以坚忍不拔的意志去战胜白河工程中的一切艰难险阻。"会议结束后,有关公社负责人分别到本公社所在的连队,听取民工的意见,帮助解决生产生活中的实际问题。

第六章 白河大坝

第一节　溢洪道

有人说，当年的白河人特别能吃苦，特别能战斗，他们百炼成钢，"是用特殊材料制成的！"果真如此吗？瞧！20世纪70年代修白河时那个火热的现场——

1975年

1975年元旦刚过，白河引水工程的溢洪道上气冲霄汉！工地上人声鼎沸，一派热火朝天的景象。上下几个工作面上，人来车往，你追我赶。小伙子们穿着单衣，在严冬的时节，竟然浑身冒着腾腾的热气。女民兵们也不示弱，推着冒尖的运渣车，一溜烟地小跑，和小伙子们赛着干。风钻的轰鸣、嘹亮的歌声和民兵们喊加油的号子融成一体，汇成一曲振奋人心的交响乐。风钻工戴着防尘口罩，在石粉弥漫的空气中紧张地打着眼。推车运碴的民兵，被阳光晒成黑红的面庞，虽然留着一道道的汗迹，却掩不住青春的活力。女民兵搬起大块的石头，麻利快速地装车，那劲头，巾帼不让须眉！工地上的高音喇叭正在播放三连民工刘民生写的《赛车》广播稿：

溢洪道上好热闹，竞赛传出佳话。
大李肩宽臂粗，人送外号"块大"。

别人推车劲未减，他那兴头更大。
人人见了人人赞，个个挺起拇指夸。
偏是小雷不服气，要与"块大"比高下。
你车推得快如飞，他车如飞拉不下。
你车装得冒了尖，他车轧得没胎花。
昨天比到三十五，今天同时四十八。
比了十天没高低，谁也没有说软话。
评奖会上并肩站，团长亲自给佩花。
齐夸大李与小雷，挥洒热汗为四化。

接着，大喇叭又传来女播音员甜美动听的声音，正在表扬青年突击队、铁姑娘班的先进事迹。这样一来，更加激起了现场汉子们的干劲儿。他们纷纷脱掉上衣，光起脊梁，加快了进度……

狂风怒号天气寒，溢洪道上摆战场。从导流隧洞到溢洪道工地，从隧洞掘进衬砌到后勤运输修配，人如潮，车如龙，白河工地无冬天。

水库三大件：大坝、溢洪道、放水建筑物。其中，溢洪道起滞洪蓄洪作用。滞洪就是使洪水在水库中暂时停留。当水库的溢洪道上无闸门控制，水库蓄水位与溢洪道堰顶高程平齐时，水库则只能起到暂时滞留洪水的作用。当溢洪道设有闸门时，水库就能起到蓄洪作用，水库可以通过改变闸门开启度来调节下泄流量的大小。由于有闸门控制，水库防洪限制水位可以高出溢洪道堰顶，并在泄洪过程中随时调节闸门开启度来控制下泄流量，具有滞洪和蓄洪双重作用。

白河堡水库的溢洪道位于大坝左岸天然垭口处，长200米，共设泄洪闸门4孔，堰顶高程589.6米，最大泄洪量为4070立方米每秒。导流泄洪隧洞位于大坝右岸，洞进口高程587.6米，设计流量为157立方米每秒。

1月5日，在溢洪道十连工地上，呈现出一派热烈的场面。十连副连长车建亭抡起大锤，挥汗如雨。小战士郭宝彪、盛保林推起双轮车快跑如飞,恨不得一车推走一座山。人称白河河畔上的"铁姑娘"的十连四排张红梅、王纪玲,和男同志比着赛抡锤打眼。十连的口号是:冰雪严寒何所惧,定要完成四万方!

1975年4月1日至20日,十四连在溢洪道出碴中,每人每天完成2.64立方米的土石方,超额完成了每人每天2立方米的土石方工作量。

不怕狂风大雪下,齐心协力来筑坝。1975年6月12日,加强连全体团员青年发出倡议书:"坚持端午节不回家,大战6月,早日贯通5号井、6号井,向七一献厚礼。"当天,民兵营就给出了响应书:"宁可皮肉掉一层,也要超过加强连。我们溢洪道民兵营全体团员青年,响应端午节不回家的倡议。"

1978年

溢洪道上重开战,民兵壮志冲霄汉。
寒风呼啸鼓斗志,山高石硬步伐坚。
出工星为伍,归来月做伴。
双手劈开溢洪道,铁脚踏碎万重山。
你追我赶搞竞赛,龙腾虎跃齐争先。
奋战白河为四化,当代愚公换新天。

——《当代愚公换新天》民兵一连侯秀焕

9月26日,溢洪道重新开工。在民兵团的领导下,10个连队的1000多人,在10月首战告捷。溢洪道重新施工一个月以来,堵河改道运土石2344方。10月28日,溢洪道民兵团召开了表彰大会,表彰了在溢洪道开挖和搬迁盖房中涌现出来的先进集体和先进个人。白河引水工程指挥部副总指挥、溢洪道民兵团团长赵俊峰向三十连授优胜红旗一面。

1978年11月的塞外,寒风刺骨,溢洪道的施工现场每天却是人来车往，到处都是钻机轰鸣，炮声震天。小伙子脱掉上衣，干得满头大汗。女民兵挥锹舞镐，推车飞跑。民技连没有防尘口罩，风钻工照样打眼。掏洞打眼时，他们直不起腰，只能跪着趴着，一镐一镐地凿岩石。不论是挖土运石，还是浇灌混凝土，他们决心为明年上坝贡献自己的力量。

12月11日，指挥部召开施工会议，进行11月施工总结和交流经验。各团、营、连负责同志，各科室负责人，共100多人参加了会议。会议开始，首先由溢洪道民兵团副团长李金囤、三十连指导员康保善、二十三连指导员朱留罗做了溢洪道重新施工的经验与教训的发言。

1979年

　　狂风飞卷黄沙，劈头盖脸落下。刺骨寒风冻手脚，钢钎铁锹结冰碴，冷吗？——不怕！

　　车载千斤上下，胶轮轧没胎花。一气拉走四十趟，滴滴汗水湿衣褂，累吗？——不怕！

　　不怕！不怕！不怕！奋战甘把汗洒。

　　移山大军鏖战急，治水英雄争高下。

　　纵有千难与万险，一片丹心为四化！

——《不怕》白河民工刘民生

白河引水水库工程指挥部对民工实行半军事化管理。起初，每个公社组成一个民兵连，后来工地吃紧，有的公社组成几个民兵连或民兵营。到了白河工地，再由白河引水水库工程指挥部组成民兵团。民兵团下面为营，营下面为连、排、班。

1979年二三月，因各公社劳动力不足，将工地的劳力抽回，在溢洪道施工的民兵团由原来的1300多人下降到300人。即便如此，建设者们始终坚持施工。

3月的工地，白天晴空万里，夜晚寒冷刺骨。先锋一连的160名同志担负着隧洞进口电站基坑2400方的开挖和2100方的混凝土浇筑任务。他们深感任务繁重，制订了切实可行的措施：把两个施工排的70多人分成6个作业组，每个作业组三班连续不断，日夜不停。他们决心在汛期之前，保质保量地完成电站基坑开挖和混凝土浇筑任务。先锋一连标兵聂造常除完成每天的定额外，还主动帮助他人，保证了全排任务的完成。民兵郭永贵，负责爬坡机挂钩，几天来，从早晨5点一直干到夜间10点。为了不耽误时间，他让人把干粮带到工地吃。由延庆县委任命的先锋一连，从白河开工以来，从前山转到后山，从后山转到前山，南北转战5次，承担过多次主攻任务。他们在隧洞掘进中，治服了"泥老虎"，传下了"108将搏击泥浆洞"的故事。

1979年4月，白河引水工程纳入北京市建设规划，延庆县政府重新组织调配，由9个公社编成的12个连队总计1000多人再次投入到白河工地。

4月3日，溢洪道民兵团召开了全团施工生产动员大会，制订了新的生产计划。由城关镇新上民兵组成的十三连，干部身先士卒，带动了后勤保障人员上工地。炊事员送饭到施工现场，利用大家吃饭的时间，主动拉几车土碴。由张山营公社民兵组成的十二连，生活和施工都有困难，一些妇女出现了畏难情绪。于是，他们组织大家到二连、八连、三十连等老连队施工现场学习，使妇女安心、放心在白河，从而保证了施工的顺利进行。

抡动开山的大锤，舞起劈山的铁镐，群山齐声喊"加油"，全团奋战溢洪道。溢洪道民兵团从6月起，不论是烈日暴晒，还是刮风下雨，夜以继日不停干。很多人上了白班再上夜班。十二连女会计韩腊梅、女共青团员刘书琴在完成自己的工作后，挤时间到施工现场劳动。民技连都是各连抽调的技术骨干，担负着十几个连队的打眼放炮任务。人员分散、班次变化无常。先锋一连的副连长却风喜被抽调到民技连当副连长时，正赶上家人给他相亲订婚。他毅然决然地推迟相亲时间，表示不修好溢洪道决不下战场。

第二节　白河引水工程

1970年至1981年

　　白河引水工程从1970年年初开工到1981年6月，历经11个春夏秋冬。领导人员翻山越岭、跋山涉水，埋头苦干、任劳任怨，风波几沉浮，临危又受命，积淀了不拔的坚韧和自强不息。十一载艰难险阻，十一载"愚公移山"。父子来白河，夫妻到工地，兄弟姐妹齐心协力，风雨无阻，昼夜鏖战，劈山引水不畏艰难。7000米输水隧洞胜利贯通，进水塔高高耸立，溢洪道主体工程基本完成……

　　青山无墨千秋画，流水似弦万古音，一曲高山流水的琴声在耳边回响，一首鲜血和生命谱写的青春之歌，在长城内外回荡。其间，先后有19位民工献出了宝贵的生命。每个年轻的生命，都有火一样的青春。特别是在输水隧洞施工中，谢志成、张进元、杨振友、陈留忠、祁永德、辛金庚6位民工的牺牲。

　　辛金庚，这个年仅20岁的农家子弟，在深达124米的6号井下，连续施工3年。在一次冒顶事故中，他不幸英勇献身。他用生命实践了生前的誓言："劈山凿洞为人民，要把青春献白河。"在白河工地招工时，辛金庚只有15岁，被劝了回去。到了第二年，他又主动来到了工地。工地领导被他的这份执着感动，破例把他留了下来。聪明肯干的辛金庚，随后成为技术骨干，来到了施工任务艰巨的6号井。1975年8月14号下午4点55分，6号竖井下发生大面积塌方，大小石块裹挟着泥土纷纷落下，刚刚过完19岁生日的辛金庚没有幸免。当工友们扒开覆盖在他身上的石头时，遍体鳞伤的辛金庚已经停止了呼吸。

还有一位牺牲时年仅19岁的小伙子谢志成。在他牺牲后没几天，他的老父亲含悲忍痛，又把二儿子送到白河，表示："为引来白河水，让子子孙孙不再受旱灾的折磨，大小子牺牲了，值得！我还有二小子，现在送来了，让他接哥哥的班，完成他哥哥没有完成的工作。"

向死而生的意义是：当你无限接近死亡，才能深切体会生的意义。一朵花的美丽在于它曾经凋谢过。女青年段双凤在执行紧急任务时，为保护他人的生命而光荣牺牲。沈家营公社的陈留忠、井庄公社的杨振友、康庄公社的李桂兰，这些在工地上光荣牺牲的年轻人，是海陀山下的好儿女，他们的英雄事迹永载白河工程史册。我们不能忘记他们，尊重每个逝去的生命！安息吧，家乡的父老乡亲没有忘记你们！半个世纪过去了，我们依然没有忘记你们！

滚滚白河水，穿山而过，引水入川、浇灌万亩良田的美好愿望实现了！历史将印下白河民工的足迹。由香营公社组成的先锋一连，在白河工地南北转战5个回合，先后承担过竖井开挖、隧洞掘进、干渠衬砌、大坝劈坡等施工工作。"108将搏击泥浆洞"的壮举，在白河工地传为佳话。由康庄公社民兵组成的猛虎九连，在7号井施工地段艰苦卓绝7年，先后战胜了3次大塌方，年年超额完成掘进任务。

工地四大标兵成为前进的榜样。三连老连长张宏宽，连续7年带班在第一线，受到大家称赞。一连保管员乔树安，爱护公物、坚守岗位，誉为"白河红管家"。铁人陈跃林，带着伤痛，坚持施工第一线。铁道工刘明，在百米深的井下工作多年。

1974年夏天，6号井下施工吃紧，"井下铁姑娘"杨金娥等几十名女青年，主动报名到6号井下工作。每天，她们都要推着三四百斤重的矿斗车，往返奔波30多里。汽车司机付展明多拉快跑，仅1980年就超额完成任务40%，安全行车几十万千米无事故。不论白天黑夜，还是刮风下雨，修配连副连长郭春甫为保证工地机器正常运转，倾注了全部心血。

白河工程得到了北京市水电二局的大力支持。在隧洞掘进中，他们与民兵九连一起，创造了单日掘进165米的最高纪录。北京市有关部门在白河工程的设计、地质勘探中贡献了力量。白河工程是工农携手、城乡协同、军民团结改变延庆穷面貌的一曲壮丽凯歌。

1981年4月1日上午，指挥部召开了1980年度先进生产者、先进民兵授奖大会。会议首先由党委副书记周中兴做工作报告，并表彰了31名先进生产者和220名先进民兵。报告完毕后，由指挥部副总指挥董文宣读授奖决定。在欢快雄壮的乐曲中，先进生产者代表和先进民兵代表接受奖状和奖品。三十七连指导员朱留罗、十连副连长罗金富、修配连副连长付殿高分别做了典型发言。最后，由指挥部党委书记许丛林做了重要讲话。他总结了1980年超额完成任务的4条经验，详细介绍了近年来白河工程缓建的道理，对稳定大家的情绪起到了很大的作用。

1981年6月，根据国民经济调整方针，接上级指示，白河工程缓建。大部分人员已撤离工地，各自回到原来的岗位。留下来的少数人员，要继续排除万难，把白河工程建设好。

白河英灵录[1]

姓名	性别	牺牲年龄	牺牲时间	家庭住址	牺牲地点及原因
谢志成	男	19	1971年12月23日	城关乡西屯村	在白河引水工程3号竖井口施工时摔下身亡
张进元	男	41	1972年11月	西二道河乡	在白河引水工程8号竖井隧洞支撑时被砸身亡

[1] 《延庆县水利志》第259—260页，1993年10月印制。

续表

姓名	性别	牺牲年龄	牺牲时间	家庭住址	牺牲地点及原因
李建生	男	23	1972年11月18日	北京水利勘测设计院	在白河引水工程隧洞定线测量时，骑车从悬崖掉下身亡
杨振友	男	41	1974年11月	井庄乡王木营村	在白河引水工程隧洞进口支撑时被砸身亡
段双凤	女	19	1975年1月	城关乡东五里村	在白河引水工程溢洪道石方开挖时被砸身亡
辛金庚	男	19	1975年8月14日	沈家营乡北老君堂村	在白河引水工程6号竖井隧洞掘进时塌方献身
许志怀	男	21	1975年8月19日	永宁乡利民街村	在白河引水工程进水塔施工时掉下身亡
王银	男	24	1975年10月15日	永宁乡东灰岭村	在白河引水工程进水塔上料提升时从罐笼摔下身亡
李占魁	男	23	1975年10月15日	永宁乡阜民街	在白河引水工程进水塔上料提升时从罐笼摔下身亡
陈留忠	男	21	1975年12月19日	沈家营乡八里店村	在白河引水工程6号竖井隧洞掘进时塌方献身
祁永德	男	21	1976年8月29日	旧县乡大柏老村	在白河引水工程5号竖井施工时从罐笼摔下身亡
王同月	男	30	1976年10月	永宁乡东灰岭村	在白河引水工程施工时从手扶拖拉机上摔下身亡
李桂兰	女	17	1976年12月8日	康庄乡榆林堡村	在白河引水工程隧洞出口调节池施工时因塌方献身
徐金荣	女	19	1976年12月8日	康庄乡榆林堡村	在白河引水工程隧洞出口调节池施工时因塌方献身
王玉华	女	24	1977年8月14日	四海乡	在白河引水工程黑峪口采石场被砸身亡
李志刚	男	21	1977年9月3日	西拨子乡	在白河引水工程黑峪口采石场放炮眼时被砸身亡

续表

姓名	性别	牺牲年龄	牺牲时间	家庭住址	牺牲地点及原因
刘培志	男	21	1977年11月26日	城关乡孟庄村	在白河引水工程彭家窑土场被砸身亡
吴新华	女	19	1978年6月16日	永宁乡吴坊营村	在南干渠工程5号渡槽施工时钢拱架倒塌被砸身亡
胡金荣	女	18	1979年2月10日	康庄乡苗家堡村	在白河引水工程大坝施工时摔下身亡

一波三折的白河工程

白河引水工程的兴建，可谓一波三折。施工以来，水利部有关部门提出反对意见，认为兴建水库的必要性和经济上的合理性值得研究，而且水库还会拦截密云水库的补水。出于多种原因的考虑，白河引水工程于1980年下半年宣告停工。

1981年以来，北京连续数年干旱，官厅水库蓄水量锐减，无法保证北京西郊工业用水和各大电厂正常发电用水，因此北京市政府紧急提出了修建白河堡水库，引白河水补给官厅水库的规划。经国家水利部批准，1981年再次恢复了白河引水工程的建设，并被列为北京市的市级工程。

1981年11月，经国务院领导同意，北京市委、市政府决定白河引水工程重新上马，并提出"要保证工程质量，加快进度，安全施工，厉行节约，1983年建成水库"。白河引水工程由延庆县县长宋士荣任指挥，许丛林、颜昌远、楼望俊、陈仁、刘富存、李国铃、周中兴、董文任副指挥。

1982年，白河引水工程重新上马，2月19日开土动工。要在1983年建成白河堡水库，任务相当繁重：水库周边的10个村庄均处在水库淹没区内，尽快进行村庄移民搬迁，完成溢洪道、补水渠的开挖衬砌，继续进行南北坝头劈坡、河道改流，修筑大坝路，架起妫水河上的11座桥梁……

第三节　风雪再卷征程　暴雨重洗硝烟

严寒何所惧，酷暑只等闲。

风雪卷征程，暴雨洗硝烟。

1982年2月，白河工程重新上马。2月初，来自延庆县各乡镇的千余名民工，陆续奔赴白河工地。尽管北风呼啸、冻手冻脚，住宿简陋、吃饭困难，但民工们迎着寒流，背着行囊，沿着山间小道，来到白河边上。他们一边建临时住房，一边筹备上场。短短十几天里，他们共搭建活动房屋100余栋，通电、饮水等生活设施基本就绪。

刚刚成立的指挥部后勤处，担负起了民工们进场的生活保障。重返工地的第一天，后勤处范广明等人没顾得上喝一口水，放下背包，便投入到了板房搭建中。范广明负责搭建石塘沟民工的工棚。由于住宿的连队多，他顾不上吃饭，常常是嘴巴里嚼着窝窝头，手里干着活，天天往返十几里山路。他患了感冒，扁桃体发炎，发烧39摄氏度，依然坚持在石塘沟工作，直到工棚盖好了才到医务室去拿了点药。

白河引水工程指挥部新组建的修配连，有重返工地的老民工，更有叫不上名字的新民工。1982年2月1日，到白河工地的第二天，他们就投入到了测杆坑、抬电线杆、安装电器电源设备的工作中。23名电工仅用时半个月，就架设高压线5千米，完成了几座仓库线路的重新铺设维护维修。

重返工地的老电工刘满山和康庄公社派来的电工赵清江，跑前跑后，互相配合，保证了工地各片的生活区按时通电。

2月10日，由130名珍珠泉公社人员组成的连队开进白河，第二天就投入到了大坝的建设中。珍珠泉连队第一时间成立了青年突击队，投送了第一篇通讯稿件，开办了工地第一个农民文化夜校。

2月16日，由白河堡公社150名人员组成的连队，当天投入生产。截至1982年2月底，他们在公路豁子合计挖土1500方。他们早晚吃住在自己家中，往返30余里山路，走在阴冷的山坡上，北风像刀片似的刮着脸。渴了，他们就喝几口山泉水；中午饿了，就吃几口自带的干粮。尤其是庄科村、大云盘村、小长梁村的民工们，离施工现场远，山高路滑，需要穿越羊肠小道才能到达工地。轮到施工大夜班，他们为了赶山路，往往是一夜不合眼。女青年王春平、孙淑琴眼睛熬红了，照样挖土、推车。57岁的老炮工卢元亮，每天要在不同时间段放4次炮，困了，裹着羊皮袄在山旮旯里迷糊一会儿；口干了，用双手捧着山泉溪水润嗓子，提精神。白河堡公社连队，有攀崖撬石的排长孙德亮，有把小推车装得上尖下流的推车能手李手印、吕保责、马德良、杨桂生，有和男子汉比着干的女民兵徐桂莲、阎久莲。遇到停电或空压机故障，风钻不能使用，他们就挥锤打钎，刨的刨，撬的撬，一车一车出渣土。到1982年3月，他们完成了挖石3303方的定额。

1982年3月6日，旧县公社二连自接受了下游上坝中段17129方的任务后，连长耿九来、连指导员阎金恒天天带班到工地，各排之间相互挑战，采取分排包段、责任到人，定任务、定时间、定奖罚。一排排长阎永良、三排排长鲁石顶班24小时。经过49天的艰苦努力，他们于4月23日，提前21天完成下游上坝中段施工任务。

抗春寒，披风沙。184名人员组成的旧县公社连队，自1982年3月12日，接受建设筛分场的任务以来，不分白天黑夜，3个班次轮流干。筛分场包括毛料仓、沉沙池和地廊的开挖，还包括振动筛机座、料堆隔墙的浇筑衬砌。施工刚开始就碰到"拦路虎",一米多深的山坳冻土层,一镐刨下去,溅起几个白点。几位排长锨舞镐扬,铆足了劲给大伙儿做表率。大家在刺骨的寒流中,终于刨开了冻结的土地。为了加快进度,他们采取白天刨土、晚上装土的办法。连队负责人李向羽、阎秋桂、王合桂、陈留永,天天超额完成指标。

一个多月来,指挥部安排了大批人力、车辆投入导流引渠施工中。由康庄公社组成的3个连队,采取分片、包段、定车、量方的措施,调动了大家的积极性。他们冒着初春寒意,顶着弥漫的风沙,从早上6点施工,一直干到晚上7点,到了深夜还有一批人在加班加点挖土搬石。

1982年3月7日开始的导流引渠工程,于4月10日下午1点20分围堰土坝合龙成功。工程按期导流,为防渗墙和大坝施工创造了条件。在4月10日下午1点围堰合龙的施工中,康庄公社连队的二排、四排、六排3个排的男女民工,在连长胡永祥、排长王金的带领下,不顾水凉流急,挽起裤子,脚踩乱石,抬起草袋子,往返在没膝深的白河水中,争分夺秒地完成了土坝合龙。

车满载,轮飞转,
机械上坝添手段。
炮声阵阵催征人,
白河民工是好汉。

1982年4月21日下午2点28分,白河堡水库截流筑坝,拦洪蓄水开始了!

筑坝会战的大批队伍开赴大坝工地。工地上人来车往,马达轰鸣,参加筑坝的单位有北京市水利机械处、白河堡公社民兵连、西拨子公社民兵连、康庄公社民兵连等单位500余人。施工现场设了白河引水工程指挥部值班室以及工地广播站。延庆县领导段义海、陈长庚、郭春昌等参加了第一天的筑坝奠基劳动。

为了保证筑坝会战的顺利进行。指挥部提前一天（1982年4月20日上午）召开了上坝动员广播大会。白河工地各个施工现场3000余人收听了广播。指挥部负责人许丛林做了上坝动员报告。指挥部副总指挥、主任工程师楼望俊就上坝的包工包干、按劳取酬、安全劳动做了具体布置。

北京市水利局水利工程一处修配车间9名工人，在车间主任梁万祥的带领下，经过25天的紧张工作，于1982年4月29日按期完成了筛分场机械安装任务，包括安装振动筛一台、皮带运输机5台以及料斗改造等任务。在安装过程中，56岁的师傅王金法，家中孩子受伤住院。他在家中仅待了半天，就及时返回工地，投入到安装试验示范中。

1982年5月，香营公社民兵连南坝头劈坡。面对石硬坡陡，采取山上山下双层作业，撬石排险。面对工作面狭窄，站不开人的困境，他们由原来的一班作业改为三班昼夜不停地施工。男民工赵根华从山坡上摔了下来，把脸擦破了；女青年卢九仙把腿摔肿了，劝他们休息，他俩说什么也不肯下工地。老民工卢石来看到空压机没有水了，便主动到河边去挑水。他攀悬崖、走峭壁，往返两里地把水送到山头。

5月11日上午，城关公社民兵连在白河工地南环路山脚下施工。白栓林蹲在地上，手握钢钎，李智站稳脚跟，挥动铁锤，叮当作响，碎片碎块满天飞。两人正干得欢，突然山上一块大石头滚动下来，眼看就要砸到白栓林的头上。就在这危险的时刻，李智伸手将白栓林的脑袋搂到怀中，石头擦过白栓林的肩膀滚落到河沟里，避免了一次重大的伤亡事故。大家夸赞李智临危不惧，舍身救人。

　　钢臂铁马显神通，万方沙料几日功。
　　百万大坝起基业，十里长隧向官厅。
　　时代能组移山力，群杰必奏禹王功。

待等平湖映秋月，无数画舫迎宾朋。

——陈超《白河堡水库工地》①

春风吹动红旗飘，
佛爷岭下逞英豪。
为锁蛟龙齐备战，
汛期未到坝修好。

1982年6月12日起，白河堡流域阴雨连绵，时而电闪雷鸣，时而狂风暴雨。6月15日白河过水量猛增到59个流量，由于下堡水文站及时报汛，白河引水工程指挥部及时采取有效措施，现场施工人员的生命安全得到了保障，整个工程没有受到大的影响，国家财产没有受到损失。

每年的6月1日至9月15日为白河汛期，7月20日至8月10日是主汛期。各单位负责人、抢险队员全员备勤，进入24小时防汛备战状态，准备抢险救灾。进入汛期以来，北京市委书记王宪、延庆县委书记段义海到白河工地现场检查防汛工作。根据预测预报，白河工地要立足于预防百年不遇的特大洪水。白河引水工程指挥部已对正在施工的大坝和民工的生活区，明确了具体措施；对河道进行了疏通，保证上坝的沙石料不被洪水冲走。对坝体用块石砌护，关键部位用铁丝笼罩护；组织精明强干的巡逻队伍，保证所有施工人员的安全。同时，组织分散在佛爷顶山前山后各片的施工连队，做了应急演练。一旦暴雨成灾，洪水泛滥，联系中断，各片分散队伍能够各自为战，安全度汛。

1982年9月26日至11月6日，下屯民兵连完成整修水库南环公路7000

---

① 1982年6月15日，延庆县人大办公室陈超到白河工地参加劳动后，有《白河堡水库工地》七律一首。钢臂：指掘土机。铁马：指翻斗车。几913功：指1982年4月中旬到1982年6月上旬，仅50余天，沙石料上坝达11万方，平均每万方用5天多的时间。十里长隧：指白河输水隧洞，全长7100米，是目前华北地区最长的输水涵洞。平湖秋月：为杭州西湖一景，借指白河堡水库将成为北京的游览胜地。

米。工程提前19天，保证了明年修建大坝上料的顺利进行。车辆不足，他们把仅有的车辆集中到挖方、垫方地段。施工人员不够，全连所有的后勤人员到作业面干活。施工线路长，采取分段包干的办法，分解到各排各班各组，包片到人。计分付酬、超分多得，有的妇女一天能挣380分，有的壮劳力，一天能拉80车，合计8方土石。你追我赶，班组之间劳动竞赛。

凌晨，望着星星到工地；傍晚，迎着月亮回工棚。参加施工的各连队进行细清、边夯、削坡、修路，配合默契。溢洪道上加班加点，通宵达旦。初冬寒气逼人，青年人穿着单衣，挥锹撮土，干得满头大汗。采石场上的汉子们，一个个汗水淋淋。"叮当叮当"，他们用钢钎撬起向往的生活。风钻工握风枪，一双铁手震山川。机电连电焊工，焊接处银光闪闪。料场上，机器轰鸣，铁臂飞转。公路上，汽车穿梭，车来车往。整个工地施工场景火热。工期一再提前，1983年6月完成大坝填筑，拦洪蓄水，胜利在望。

拦河大坝横山川，管叫洪水不出山

白河堡水库大坝防渗墙圆满完工。从1982年4月2日开钻，到1982年8月15日最后一孔浇筑完成，经过136天的艰苦努力，大坝造孔进尺4745米，浇筑混凝土3967方，大坝防渗墙圆满完工。在大坝防渗墙后期施工中，由于连续大风和降雨，停水停电，给施工带来了不小的困难。北京市基础总队一队队长武卜元、机长陈永昌整天在工地上埋头干活。洪水来了，他们就排洪泄水；风沙来了，他们就整理场地。停电了，他们就坚守岗位，只要来电，立即开动钻机，工效达到每台班凿孔进尺1.82米。7月24日，暴雨加上洪水，大坝防渗墙4个造孔坍塌，机长项怀常不顾疲倦，带领30名机组人员清理场地，铺设铁板，连续完成3个塌槽的清理，为大坝防渗墙混凝土浇灌赢得了时间。

1982年9月3日，白河堡水库大坝南坝开始上坝，北京市机械公司投入到了上坝会战中。80名工人和22辆运输车、4台挖土机、4台推土机分成几班，连续施工。每个班每日定额17趟，但司机们每日运输40趟，超额完成20万方的运土任务。

　　1982年9月3日晚上9点，白河堡水库大坝南坝开始上坝。汛期过后是水库大坝施工的黄金时间，力争天寒地冻之前上坝土方量达到80万方。上坝前，先清除大坝地基的淤泥杂物。从8月26日凌晨开始，24小时全天作业，7班人马轮番上阵、昼夜不停。7部推土机、3台挖土机、3台"太脱拉148"来来往往，轰轰隆隆，人停机不停。指挥部生产科科长田有孝现场指挥。指挥部机械处几位正副队长宋纪民、卢振海、张书清，现场带班，遇到问题，就地解决。在近10天的清基施工中，他们每天只休息3个多小时，其他时间全部在工地上忙活。白河堡、张山营、旧县、黑汉岭这4个公社的民兵连的负责人带头上坝清基，挥铲运送垃圾。领导人的模范行动就是无声的命令，大家听从调动，提前到位，紧张而有秩序地开展工作。由于大家的努力和机械化的操作，9月2日凌晨完成了15000方的清基任务。

　　拦河筑坝出平湖，水电双丰壮首都。
　　塞外明珠传万代，中华儿女绘新图。
　　　　　　　　——章异之题赠白河堡水库工地同志们[①]

拦流洪水三百丈，收蓄金波一千里

　　从1982年4月21日开始上坝，到12月16日，已经完成坝体筑坝75万方，提前、超额完成了北京市水利工程指挥部下达的1982年60万方的筑

[①] 这首诗写于1982年10月13日。章异之，全国政协常委、民革中央常委、民革北京市委副主席。

坝任务。

根据指挥部的要求，在汛期（1982年6月15日）之前，在大坝左岸完成上坝土方量10万立方米，高度达到568.5米。在全体水库建设者的努力下，于6月5日提前完成了任务，筑坝高度达569.6米，此外还清基、清料场土方16.85万立方米，修路12千米，坝头劈坡1.8万立方米，为1982年的安全度汛创造了条件。指挥部科学安排、有条不紊地抓紧料场、道路、排水、风、水、电供应等各项前期准备工作。有关单位环环紧扣、争分夺秒，坚持每天召开现场问题讨论会，当天问题当天解决。

担负上坝主要任务的北京市水利机械工程处，克服料场复杂的困难，组织了40台大型机械设备进场，各种筑坝材料同时顺利上场。在全体设计人员、施工人员、质量控制人员的协作下，筑坝材料合格率达到了100%。

负责防渗墙及灌浆施工的北京市水利工程基础处理总队，抢在今年洪水到来之前，完成了大坝右半部防渗墙混凝土浇灌任务。根据20年一遇洪水标准，除留出必要的引洪河道外，又安排5千米长的清基，同时继续日夜不停地筑坝，以此减轻汛期后的上坝工作量。

安全度汛之后，大家筑坝的情绪更加激昂。北京市水利机械工程处日夜奋战，一个月清挖土石60万方。在9月、10月筑坝的黄金季节，人员不休假，满装快拉，三班轮流作业。1982年10月30日，提前6天完成570高程填筑黏土10万方后，又一鼓作气奋战9天，拿下了575高程填筑黏土30万方，到12月底圆满完成了全年75万方的上坝任务。北京市市政机械公司分片负责、定岗定班，充分发挥了机械化的威力。12月中旬，因气温急骤下降，除少数连队修建明年上坝的道路外，大部分连队暂停冬季施工，已于12月18日退场。

佛爷顶下荡清波，山间花海一望收

蓄水拦洪锁蛟龙，变患为利福无边。经过冬季整修以后，从1983年3

月23日起，8个公社的1000多名民工，投入了坝头开挖和砌石护坡施工。

水库防汛迫在眉睫。5月12日，白河引水工程副总指挥李国钤主持召开了防汛会议，成立了由李国钤任组长，由副总指挥周中兴、董文、楼望俊为副组长的防汛办公室，组建了枕戈待旦的抢险队，对库区的全部设备都进行了安全检测，该搬迁的搬迁，该维护的维护。

5月14日至28日，北京市水利机械工程处和延庆县公路管理所小分队，密切合作，机械上坝土石方达到了100万方。

登上白河大坝，遥望长城箭楼远，俯视燕山群峰低。到1983年5月底，坝体越筑越高，上坝路越走越难，坝面越来越小，设计质量越来越精确，施工难度越来越大。为夺取最后胜利、创出全优工程，5月29日，白河引水工程指挥部召开工程会议，布置了下一阶段的任务。参加会议的还有北京市水工机械厂、市机械处、北京市水利工程基础处理总队二队等单位。

工程指挥部及时召开大会。会上表扬了指挥部副总指挥、主任工程师楼望俊，北京机械公司主任王恩增、副书记刘文凯、工程师宋仕廉、田有孝等。他们班班不离现场，在施工最紧张的局势下，废寝忘食地工作，保障了施工顺利进行。

3月1日，由北京市水工机械厂组成的13人安装队进驻导流泄洪洞以来，起早贪黑、加班加点，一个人顶两个人干，到5月底，保质保量完成了溢洪道4孔闸门的安装。

延庆县黑汉岭公社连队，3月开始在下游坝面砌石护坡以来，晚上开山劈坡，白天砌石坝面，进度快、质量好，月月超额完成任务，为大坝完工赢得了时间。

白河堡水库从1970年9月6日开工建设，至1983年全部竣工。工程标准为百年设计、千年校核。主要建筑物有大坝、溢洪道、输水隧洞、泄洪洞、南北干渠等，控制流域面积（云州水库以下）2657平方千米，设计总库容9060万立方米，坝址高程560米，是北京第五大水库，也是北京地区海拔最高的水库。

秦氏父子的故事

现已退休的秦晓新是白河堡水库管理处普通职工,他们秦家两代父子三人(父亲秦联珠,儿子秦晓峰、秦晓新)从事水文观察勘测工作,他们秉承白河人的意志,传递白河人的精神。过去的30多年间,秦晓新的足迹遍布河道和干渠。为了测洪峰,为了给施工的白河堡水库发出准确的情报,他曾经几天几夜不合眼,甚至不顾山上滑落的碎石和湍急的河水,站在河道中央记录着一道道数据。在一次次留下精准数据的同时,也留下了去不了根的腿疼和腰部疾患。[1]

---

[1] 摘编自北京市延庆区庆祝中华人民共和国成立70周年主题展览。

第七章

白河干渠

第一节　干渠场景

隧洞打通了，白河水从山区流到了川区，但是要想最终解决农业灌溉问题，下一步就得修干渠。

白河堡水库灌区始建于1976年，历时14年。延庆灌区内主要包括54千米的南干渠、24千米的北干渠、7.5千米的官厅水库补水渠。

1977年

1977年1月4日下午，白河工地6500余名民工分别在驻地收听了《为把白河工程建成大寨式的工地而努力奋斗！》的广播动员报告。在广播动员会上，负责北干渠道开挖的一营、负责隧洞衬砌的九连、负责南干渠开挖的二十四连相继表了决心。

一营党总支副书记徐步山说："保证在今年4月初完成北干渠开挖沙石2808方的任务，在今年6月底之前建成14个中小型号的建筑物。"

九连副连长徐风山说："去年我们光荣地完成了隧洞掘进788米、扩洞800米的任务。今年我们担负7号井隧洞清底、扫帮、扩拱角、打灰、衬砌1500米的任务，我们决心发扬猛虎精神，争取2月底隧道干渠通水。"

二十四连连长李华说："开工时正值三九天，尽管温度在零下十几度，干得汗流浃背。赶上下雪天，在山上挖眼儿埋炸药的时候趴在地上，汗水混着身下的雪水，身上的棉衣很快就湿透了，山风一吹，透心凉！没有一个人说累，也没有一个人说'不'。"

1977年7月，白河工地一连指导员徐步山、十五连副连长谢启，介绍了上半年施工中的先进经验。五营教导员谢瑞生代表全营向负责全工地建筑物工程的单位挑战，三营营长肖旺江代表三营应了战。八营营长吴九顺代表全营向战斗在隧洞的单位挑战，九营教导员武振海代表九营应了战。四营教导员李金、三连连长张宏宽、修配连副指导员冯全林分别做了表决心的发言。

三营营长肖旺江说："过去几年，在挖掘隧道百米深处，在开挖溢洪道山顶上洒下了我们的血汗，在修建引水渠道上有我们的印记。今天三营457名民兵修建南干渠1～10号建筑物，争取提前一个月，9月底完工，向国庆献礼！"

六营七连、三十连担负进水塔侧墙混凝土浇筑。这两个连队比干劲儿、比贡献。七连一排排长姚双有和三连二排排长王玉奎，不顾烈日暴晒，脱掉上衣，汗流浃背地推着装满沙石料的小车。六营从7月15日开始，用两天两夜完成了进水塔侧墙混凝土的200方浇灌任务。

一连指导员徐步山说："指挥部要求我们在7、8、9这3个月拿下三大任务（渡槽浇筑吊装、干渠填方15400方、开挖沙石8777方），总计需用30000个工人，而一连在册民兵只有294人。工序多、人手紧，一个要顶两人干，实行'三定'（定任务、定时间、定人员）、'三满'（出满勤、干满点、使满劲），后勤上前线，干部带头干。"

三连指导员胡成茂说："我们下决心完成下半年上拱1100米的任务。"

二十三连指导员国振赢说："我们保证完成顶拱、砌边墙、洞内洞外勾缝任务。"

十连女子排范京华说："女子排33人分成3个班单独作业，打构件这活，过去从没接触过，刚开始顾虑重重，放不开手脚，现在摸索出了经验教训，由过去两小时打一块拱坡板，提高到现在一个小时打一块拱坡板。"

自1977年8月13日指挥部发出百天战役号召后，三营二十六连负责的南干渠2号渡槽，超期完成了9条拱肋的凿毛任务。三营三十二连用5天的时间完成了9天的钢筋混凝土34方的浇灌任务。三营六连在马车桥混凝土浇灌的施工中，因山陡路窄，运输不便，他们就用柳条筐一筐一筐地抬水泥，甚至用铁锹一锹一锹地担水泥，加快了施工进度。

民兵一连在百天战役的第一天，凌晨4点开始渠道开挖。石硬、坡陡、险情大，一连五排排长王凤珠带病坚持上班。三排排长郭付德脚后跟碰了一寸多长的口子，鲜血直流。大家劝他下工地，他决不答应。三十三连的团员青年写下决心书后，全排30余名青年，用4天时间完成了420方的土方开挖。

负责南干渠11号隧洞的五营二十三连民兵，在百日会战的第一天就遇到了工地停电的困境。为了按时完成任务，他们利用仅有的围灯坚持作业，又回本公社西关大队借来小柴油机，解决了照明问题。在隧洞衬砌中，用灰量大，一时材料运输不来，于是全连民兵在上工地之前，每人扛一袋子水泥，保证了扩洞、砌边墙的用料。

1978年

捧口渠水醉心头，
化作山歌如蜜流。
声声唱的白河调，
双手牵着银龙走。

1978年3月20日，胜利完成了7110米隧洞的竣工试水，延庆人民盼水入川的夙愿终于变成了事实！

二营九连的民兵在完成隧洞施工后，又投入了砌石、浇筑三闸底板的任务。他们三班作业，不分日夜，脱掉上衣，甩开膀子。推车运料的，满载飞奔。搅拌机手不顾灰浆溅起，保质保量。在二营二十五连、二十连的木工、瓦工的协作下，用了6天完成了三闸底砌块石1000方、地板混凝土浇筑360方的任务。九连赶在4月8日之前完成了三闸西闸口290方浆砌石的任务。

自3月8日南干渠7号渡槽动工以来，三营三十二连天未亮就开始筛沙子、挖土方、修斜坡、灌水泥。排与排、班与班之间开展劳动竞赛，到3月25日，共开挖冻结土层1847方，超额完成了北京市水利气象局规定的定额一倍多。

负责北干渠4号、5号渡槽的八连，自3月12日施工以来，连干部和施工员，每天召开碰头会，每个人都有明确的指标。到3月底，他们共开挖基坑31个、冻土层沙石1648方，比国家水电部规定的投工日节省了480个。

自1978年4月15日召开了隧洞竣工通水万人庆祝大会以来，大家的干劲儿被充分激发出来，将施工工作推向了高潮。1978年9月，10千米干渠以及34座建筑物全部完工。10月，出口分水闸的闸门安装以及外围修饰完毕。全长1840米的南干渠的6个隧洞全部贯通。导流隧洞进水塔主体工程浇筑完成。8个新上渡槽，进展顺利……

截至2021年年底，白河堡水库已成为北京的重要水源地，不仅灌溉一方土地，还成为华北地区五库联调的中枢。它东输北京市密云水库，西补官厅水库，南调十三陵水库，北纳河北省云州水库之水，连通了潮白河、永定河、北运河三大水系，是北京市唯一五库联调的跨流域调水枢纽工程。

第二节　引来一渠水　换来万担粮

　　白河引水工程在开工之始，就对干渠同时设计和建设。按照规划设计，白河引水工程将白河水引到妫水河后给官厅水库补水，并解决延庆川区农业用水，同时通过南干渠向十三陵水库补充水源。

　　白河堡水库灌区始建于1976年，1990年竣工。延庆灌区内的主要干渠有南干渠（官厅水库、十三陵水库主干渠）、北干渠、官厅水库补水渠（含妫水补水）、密云补水渠（自然补水河道）。

　　白河堡水库干渠总长度92.12千米，控制总灌溉面积32.4万亩。其中，南干渠全长53.75千米，控制灌溉面积24万亩；北干渠全长24.64千米，控制灌溉面积8.4万亩；十三陵补水渠全长6.33千米，官厅水库补水渠全长7.4千米。干渠主要建筑物包括：泄洪闸7座；隧洞7条，全长1551米；渡槽24座，全长4957米。白河堡水库干渠每年向延庆县川区提供灌溉用水0.3亿~0.4亿立方米。1996年以来，白河堡水库干渠进行了改造，可运行的支渠有55条，建扬水站8座，改造灌区支渠闸（封闭闸门）65座，干渠改造长度增加34千米，增加灌溉面积17.9万亩。

　　一水多用润北京。2003年，白河堡水库开始承担起北京市城市生活供水的重要任务，向密云水库输水，成为京城补水的饮用水源地。白河堡水库以每人每天一桶水的水量供给首都市民。北京延庆区水务局报道，2020年4月10日，白河堡水库第三十二次向密云水库输水。截至2020年年初，已累计向密云水库输水13亿余立方米。2020年，白河堡水库向十三陵水库再次补水1000万立方米，这是继2018年、2019年白河堡水库向密云水库、官厅水库、十三陵水库输水以来的又一次跨流域输水。

南干渠（十三陵水库主干渠、官厅水库）

十三陵水库主干渠（延庆段），是利用南干渠引白河水补给十三陵水库。补水渠渠首位于南干渠八家村分水闸，沿西二道河村东山麓，经冯家庙凿隧洞穿过分水岭，经德胜口沟天然古河道，最终汇入十三陵水库。主干渠全长26千米，设计输水流量5立方米/秒。此段渠道有3.35千米明渠、1.10千米的无压涵洞和1.88千米隧洞。补水工程1983年8月开工，1992年竣工。至2010年，白河堡水库通过补水渠为十三陵水库补水合计20686.4万立方米。

飞架于妫川平原南北的南干渠是延庆区内最长的干渠，也是引白河水入官厅水库和十三陵水库的主干渠。南干渠渠首在白河堡水库输水隧洞出口调节池东侧，终点在八达岭镇外炮村，全长54千米，灌溉耕地面积15万亩。最大输水流量16立方米/秒，渠道流量沿里程递减，干渠末端设计流量1立方米/秒，途经香营、刘斌堡、永宁、井庄、大榆树、八达岭6个乡镇。

南干渠分4期施工。工程由白河引水工程指挥部、北京市规划局勘测处、北京市水利勘测设计处联合选线、设计。工程于1976年10月正式开工，于1994年完工并全部投入使用。

1976年9月，实施第一期工程。白河引水工程重点从水库建设转移到南干渠上来，工程指挥部增派民工2000余人支援建设，至此参与南干渠施工的民工达6537名，组建成10个民兵营24个民兵连，在10千米长的干渠全面铺开。到1979年，7000米渠道先期使用，香营、刘斌堡、永宁的部分耕地和生活用水得到了保证。

1982年4月，实施第二期工程。延庆县白河堡水库干渠工程指挥部成立，下设南干渠指挥所。刘斌堡1号隧洞出口至西二道河乡全长28.377千米渠段全线开工。至此，一条美丽的输水大动脉初步形成。

1987年，实施第三期工程。工程为西二道河渡槽出口至八达岭镇东曹营村北渠段，全长11.19千米，历时4年完成。至此，南干渠已建成渠道48.67千米。

1993年10月，实施第四期工程，又称康庄绿化水利配套工程。第四期工程由绿化和水利配套两部分组成，是1993年北京市重点绿化水利工程项目，也是为南荒滩植树绿化工程启动的铺垫。工程总长16.20千米，包括隧洞1.04千米、5座渡槽（长0.72千米）。1994年9月15日，工程竣工并一次试水成功。

新中国成立初期，延庆的森林覆盖率不足7%。20世纪90年代之前，南荒滩是人们对延庆八达岭、康庄地区地貌的普遍印象。这里沙石裸露、土壤贫瘠、风积沙动、狂风肆虐，年均风速达17米/秒。"一年一场风，从春刮到冬；今日风沙起，明日到北京。"延庆成为北京城沙尘暴的主要来源之一。

南荒滩绿化工程包括延庆城区以西，妫水河以南，八达岭、康庄镇等地的荒滩荒山，总面积24万亩，大约占妫川盆地的1/3。南荒滩这一带，山是石头山，滩是沙石滩。没有土，只能采取爆破的手段。打上眼儿上炸药，爆炸一下，再掏一个坑。植树工人背土上山，"客土植树"。每个树坑有1米见方，80厘米深，用规格50公斤的编织袋背土上山，要背33袋才能填实它。几年间，填土种树用掉黄土600多万方。1方土大约1吨，600多万方土的总重量达到600多万吨。按每个小汽车1.5吨的重量计算，植树工人相当于把400多万辆小汽车源源不断地背上了山。

树是种上了，但"春天种，秋天黄，冬天进了灶火膛"。原因很简单，裸露的荒滩没有水，即使降雨也不能存住水。怎么办？引50千米以外的白河水到南荒滩，修建蓄水池，使南荒滩在植树中的水源得到了保障。爆破—挖坑—垫土—引水，是一套完整的流程。为保证浇到每一棵树苗，植树工人有时甚至要工作到深夜。他们之中大多为当年的白河人，他们将白河水引到了南荒滩。从1994年开始，绿化队就地育苗，就地栽植，优选本地树种，荒滩乱石中种活了一棵棵树。眼下，南荒滩黄沙弥漫的景象已经成为历史，为保障世园会、冬奥会在延庆区的成功举办筑构了生态屏障。如今，登上当年植树的土丘，远眺世园会的永宁阁，就能看到整个世园会园区被层层绿色护卫。

北干渠

北干渠地处延庆盆地北山边缘，故名北干渠。北干渠渠首在调节池输水隧洞出口西侧，渠线沿北山山麓西行，经小堡、北士光、黑峪口、北张庄、三里庄、米粮屯、古城、黄柏寺村到靳家堡村大敞沟，全长24.64千米，在韩郝庄村北有古城水库干渠汇入，统称为北干渠。

北干渠渠宽6米，上段设计流量8立方米/秒，末端流量2立方米/秒。主要建筑物有渡槽6座、大车桥19座、山洪桥10座、泄洪闸3座。

北干渠从1976年1月选线设计，1976年秋施工。工程分5期进行，到1998年竣工，历经22年的建设。北干渠主要承担着农田灌溉任务，为香营、旧县、张山营等乡镇的农业丰收奠定了基础。

官厅水库补水渠（含妫水河道补水）

延庆县北、东、南三面环山，西面临水。地形东高西低，妫水河自东向西流入官厅水库。

官厅水库补水渠是将白河水引到妫水河补给官厅水库，渠首在白河堡水库输水隧洞调节池南侧，经香营、后所屯、聂庄、左所屯村，渠尾在孔化营村北与妫水河顺接，全长7400米，设计流量20立方米/秒。补水渠主要建筑物有公路桥3座、渡槽1座、节制闸和泄洪闸各1座。补水渠分3期施工：1975年至1977年7月完成900米衬砌渠道，1980年11月至1981年8月完成2500米混凝土衬砌渠道，1981年秋至1983年秋完成4000米混凝土衬砌渠道。至2010年，白河堡水库通过补水渠为官厅水库补水合计169,720.8万立方米。

白河清流润妫川，长城脚下绿盎然。通过引水渠不间断的小流量补水，有效回补涵养了延庆川区，涵养了延庆南部山区的地下水。2019年5月，已干涸10余年的延庆区宝林寺河道6个新泉眼复涌，形成了地下水位上升、水体水质稳定向好的新局面。

为继续做好2019年北京世园会的生态供水工作，2020年4月22日，白河堡水库补水妫水河工作重新启动。一股股清流穿越白河隧洞，分别经官厅补水渠和白河南干渠，一路进发20余千米，为妫水河和北京世园会的周边区域进行补水。

密云补水渠（自然补水河道）

密云补水渠是一条自然补水河道，它是利用白河堡水库下游自然河道向密云水库补水的通道。密云补水渠以白河堡水库为起点，一直向东蜿蜒，直至密云水库，全长130余千米。1989年3月，白河流域作为密云水库的主要水源地，被水利部、林业部列入全国水土保持重点防区，进行了绿化、美化、水土保持的综合整治。至1999年，共治理小流域3条，治理水土流失面积316平方千米，提升了水源质量。

白河是密云水库的主要水源，白河流域是北京水源保护地。20世纪90年代，为缓解密云水库的缺水状况，白河堡水库再次担负起了为密云水库补水的任务，白河自然水道经过疏通治理，于2001年开始，每年向密云水库补水。

为确保水源安全，让首都人民喝上放心水，2003年延庆区千家店镇白河两岸的稻田全部退出水稻生产，共计4754.7亩，改种各种林木。千家店镇位于白河流域下游，白河主河道55千米流经该镇。当地农民自古以种稻为生，有"仓米古道"之称。为退耕还林、涵养水源，白河两岸农民做出了牺牲。2016年白河堡水库被水利部列入"全国重要饮用水水源地"名录。

凌空渡槽：谷底河流呼啸去，云间渠道碧水流

为了将水调到缺水的地方，渡槽应运而生。渡槽，也称高架水渠，是跨越河流、道路、山冲、谷口等地的架空输水建筑物，除用于输送渠水外，还可排洪、排沙、通航和导流。"长桥卧波，未云何龙？复道行空，不霁何虹？高低冥迷，不知西东。"这是我读到的最早的有关桥梁与渡槽的描述。远观南干渠道上的永宁镇河湾6号渡槽，联想《阿房宫赋》的诗句——没有起云，为什么有龙？原来是一座长桥躺在水波上。不是雨过天晴，为什么出虹？原来是天桥在空中行走……"人造天河"并没有成为延庆的"历史标本"，如今，渡槽通过加固维修，依旧发挥着不可替代的作用。

百里干渠银龙绕，座座渡槽凌空架。渠道是输水的动脉，渡槽是输水的"支架"。白河堡水库南北干渠上有渡槽24座，其中南干渠18座，北干渠6座。

崇山对峙，谷底河流呼啸去；渠道悠悠，喜见云间碧水流。南北干渠上最为显眼的是军都山斜拉渡槽（简称军都山渡槽）。军都山雄峙八达岭，长城绵亘起伏于其脊岭之上。两翼峰峦陡峭，中隔300余米宽阔深谷，雨季山洪、大秦铁路、京张公路与乡镇公路均自深谷通过。

渡槽建在军都山西北麓延庆西二道河上，位于南干渠37千米处，渡槽东北处接5号隧洞出口，全长276米。此项工程于1986年由延庆白河堡水库干渠工程指挥部主办，北京市水利规划设计研究院承担设计，北京市水

利工程基础处理总队负责施工，并与铁道科学研究院、北京工业大学、武汉水利电力学院共同协作、探索创新，于1987年末建成。

军都山斜拉渡槽，距地高27.4米，施工中创造了空前纪录：宽跨比1∶40，长126米，重1100吨的半槽整体提升23米；总重25吨的84根钢索一次张拉成功。此项工程取得两项新技术成就：一是槽身在地面拼接，一次张拉成型后，整体提升准确就位，提升重量计千吨；二是宽跨比值仅为1/40，为斜拉建筑中所少见。军都山斜拉渡槽的建成，当时在全国尚属首建，成为斜拉式建筑的典范。

为记载军都山渡槽建设过程，1987年12月，北京市水利局、延庆县人民政府在渡槽西塔墩下筑起了纪念碑，正面碑文《军都山渡槽简记》，由北京市水利局总工程师高振奎撰写，背面为时任北京市顾问委员主任王宪题词：渡槽凌空飞架，当代引水明珠。

2015年6月至2016年5月，白河堡水库管理处实施军都山斜拉渡槽除险加固工程，消除了渡槽的安全隐患，保障了下方公路、下方铁路的安全。

鸟瞰错综交叉的军都山渡槽，一股思古之情油然而生，我不禁朗诵起《阿房宫赋》。唐代文学家杜牧借古讽今，借秦始皇昏聩失德、荒淫无度的失败教训，以警告统治者，不要苛政猛如虎，纵使焚书坑儒，堵天下读书人的口，照样灭亡！"竹帛烟消帝业虚，关河空锁祖龙居。坑灰未冷山东乱，刘项原来不读书。""秦人不暇自哀，而后人哀之。后人哀之而不鉴之，亦使后人而复哀后人也。"秦人还没工夫哀悼自己，可是后人哀悼他；如果后人哀悼他却不把他作为镜子来吸取教训，也只会使更后的人又来哀悼这后人啊。

随着农田水利灌溉设施的改善，全国许多地区的渡槽的作用正被削弱甚至取代。特别是农田承包后，由于灌溉改道、泥沙淤积、河道缺水等因素，不少地方的渡槽已丧失了输水能力。然而，延庆地区的渡槽在经历了40多年的风雨洗礼后，大部分在继续使用。

延庆地区渡槽的价值已经超越了灌溉功能，成为一个时代的缩影，成为白河引水工程不可磨灭的印证，其文物价值、旅游价值日益彰显。延庆人民逢山开路，遇水架桥，用勤劳和智慧铺就成功典范。我们不会哀之、悼之，相反，我们要赞之、叹之，纪念为社会造福的英勇建设者们！

第三节　科学调节水源　建设美丽家园

向十三陵水库生态输水

白河堡水库1983年7月1日竣工后，撤销了白河引水工程指挥部，水库管理工作移交给白河堡水库管理处。

时光荏苒，不变的是代代相传的白河精神。白河堡水库管理处日复一日，年复一年地精心呵护碧波清泉。2018年9月19日上午6：30，白河堡水库向十三陵水库第二次试验性生态输水工作启动。9月23日上午9：30，水头安全到达昌平境内自然河道。

《天池水韵》报道，从提闸放水开始，白河堡水库管理处百余名人员就全体出动，24小时不断岗，风餐露宿在河道，水头流经到哪里，巡查人员就跟到哪里，对水头运行情况进行监测，随时记录水头到达重点地段的时间，对部分渡槽及山体渗漏情况进行了实地查看，及时处理河道中发生的一切险情，同时协调夏都水利工程有限公司及时清理水头淤积物，确保将水头安全地送出区境。严格检查，避免漏洞，通力协作，消除隐患。

自11月19日至12月初，渠道管理所组织技术人员对输水渠道渠内积水、浸泡农田、渡槽挂冰等情况进行细致排查，排除死角存水，确保不漏项。此次排查共出动人员100余人次，车辆30余辆次。

2018年11月12日上午10点，白河堡水库通过南干渠向十三陵水库输水工作圆满完成，此次输水历时57天，输出水量总计751万立方米。

白河堡水库管理处开展补水渠专项整治

保护水资源，防治水污染。2019年3月25日，白河堡水库管理处联合香营乡政府，配合河道所和河长办，对官厅补水渠首端至聂庄过渠桥段的3.6千米补水渠进行清理。管理处50余名职工对各自负责的渠段进行垃圾清理，共捡拾垃圾100余袋。补水渠内的垃圾得到有效清理。

2020年清明小长假期间，白河堡水库管理处组织全体干部职工，清理水库水面及周边污染物，在水库周边植树绿化。改善水库周边生态环境，守护好这一方净水。

白河堡水库管理处有线、无线电台和值班电话保证24小时通信畅通，12个雨情遥测站的数据及时准确反馈，并坚持24小时值守电台、电话和遥测数据，实时对上游雨情进行监测，密切关注雨情、汛情变化，严格掌握水位状态，确保及时将雨情、水情、工情、灾情及工作动态上报。管理处对防汛物资进行补充和检查，保障抢险物资准备充足，抢险车辆、人员随时待命，一旦发生险情，人员、物资设备能够有效应对。

白河堡水库——水清、岸绿、安全、宜人

延庆白河堡水库获得北京市2017年度优美河湖称号。优美河湖的主要要求包括管理范围内无垃圾渣土、河湖环境用水充足、无臭味、管理范围内无违法建设等多方面内容。只有达到"水清、岸绿、安全、宜人"4个方面55个细化指标，才有可能入选。白河堡水库管理处主任王迎喜说："被评选为优美河湖，感觉身上的担子更重了，我们会一如既往地踏实工作，让水库越来越美。"水库管理处库区所工作人员赵贵周说："保护好白河堡水库的环境，都是大家伙儿的功劳，以后还得靠大家共同保护，这也

是为咱子孙后代造福。"

50多岁的赵贵周在白河堡水库工作了好多年，他每天都会绕着水库走上一圈，劝离游人，捡拾垃圾，每次行程15千米。而这几乎是白河堡水库每个库区工作人员每天都要做的。

2020年5月，白河堡水库地表水厂试运行，开始给延庆城区居民生活供水，成为妫川又一惠民工程。2022年，水库具备日供水9万吨的能力，白河水将走进千家万户。

静静的白河，流淌在古老的妫川大地。有35万妫川儿女做后盾，延庆水务人正昂首阔步，走在科学管水、护水、节水的征途中，白河释放出更加璀璨的光芒。

附　致青春——白河儿女颂

一曲穿越时空的不朽旋律，激起我情怀的涌动。
刚刚走出校园的城市青年才俊，
悄悄告别亲人的农村知识青年，
蜂拥而至，踏上了艰苦的白河历程。

不知夜宿何处，不知岗位在哪里。
老乡家、深山里，青春的活力芬芳四溢。
不知何时上工，不知充饥在何处。
夜幕中，寒风里，酣战的激情只争朝夕。

七千米的隧洞施工现场，
窒息的浓烟，擦肩而过的滚石，
常伴工友不觉奇！

战友倒在血泊里，惊天动地！
擦干血迹，告别兄弟，凿岩机声稍息又起。
前辈们讲述上坝的故事，眼前历历！
机器轰鸣不舍昼夜，建设大军挑战极限生理。

坝基帷幕连成线，坝体填筑严把质量关，
稍有疑惑现场探研，宁可返工重建，决不突破质量底线！
英雄的白河儿女，战严寒、斗酷暑，
冬天一身冰，雨天一身泥，
历时八年凿出了一条七千米的隧道。

勤劳的白河儿女，披星戴月，
逢山凿洞，遇壑架桥，
历时十四年修建总长一百千米的白河干渠。

智慧的白河儿女，造访群山，
劈山凿石，滑模浇筑，
历时九年，筑成了断面为五百七十六平方米的溢洪道。

坚毅的白河儿女，昼夜奋战，
探岩问基，拦河筑坝，
历时两年，填筑了一百零三万立方米的拦河大坝。
座座宏伟建筑，拔地而起、凌空飞架，
个个农村青年，成长为顶天立地的男子汉！
还有十九名战友，长眠在我们青春的记忆里……

艰苦的白河历程，
多少难忘的青春岁月，多少不悔的人生经历，
涌现出了多少可歌可泣的感人故事，
折射出了多少水利人的博大胸襟。
随着时间的推移，前辈们的故事，像一座座丰碑，
让后人铭记！

感谢前辈——

将这座获国家银质奖的工程交给了我们,

我们会用汗水浇灌、我们会用心血管理。——待到建库五十年,仍值得前辈们赞叹!

——刘兴仕[①],2013年7月2日

当甘甜的清水泛着白色的水花,顺着自来水管流淌进自家的水缸,人们笑得合不拢嘴,兴致勃勃地说:"老早就有人告诉我们,革命成功了,人民当家做主,到那时'楼上楼下、电灯电话。吃面包喝糖水儿,暖气管子自来水儿'。盼望了一辈子,终于等到了这一天。"

这一天来之不易,铁锹、钢钎、洋镐、十二磅大铁锤、双轮手推车就是他们的主要工具。正如当年的一首《工地小景》所言:

洋镐上下飞舞,真是闪闪发光。
小车推得飞快,好似穿梭一样。
有的挑土四篮,有的推土半方。
人人汗珠如雨,早已湿透衣裳。

百里干渠工地上,男女老少几千号人齐上阵,高音喇叭里放着嘹亮高亢的歌曲。放眼望去,红旗迎风招展,有的挥镐刨土,有的用力打夯,有的肩挑人抬。数九寒天,许多人脱掉了棉衣,嘴边、眉毛、鼻孔、帽子边的头发到处都挂满了白霜,大家比着干活,争先恐后地抡镐、刨土块。到了晚上回到工棚时,个个累得像个孙子,人人筋疲力尽,好多人腰疼得不能动,成了木头人,第二天照样奋战在工地上。"前人种树,后人乘凉。"那个年代的建设者就是种树的人,那个年代的建设者有一股子血性

---

① 诗作者刘兴仕原为白河堡水库管理处负责人

和坚韧。

　　滴水之恩，当涌泉相报。当代的延庆人，没有忘记当年的白河人。修建南干渠、北干渠和补水渠，延庆川区不仅实现了"通水"的最初愿望，而且沿渠绿化，沿渠建了塘坝，湿地逐渐形成，森林面积年年增加，有效地补给地下水，改善了北京西北部的生态环境。

　　滴水之恩，当泉涌相报。延庆人民没有忘记那段感人至深的故事。今天，白河人的故事日渐模糊，然而，白河精神在变革中的现代社会，仍然是一笔不可或缺的宝贵财富。白河精神已成为延庆县人民战胜困难的法宝。

第八章

白河生活

第一节 "拍婆子"在白河旁……

疏星浮荇叶，皓月上柳梢。夏深夜静之时，她漫步在光滑的水渠边。她是一名女钻工，定额任务天天完成。晚上，有了自己的休息时间，她与他约定在此相见。

水渠两边高大的白杨，树影婆娑，似乎为她的约会发出了欢快的响声。不远处，修配连的电焊弧光闪闪烁烁，与天上的星星月亮交相辉映。

她倚着水渠上的拱形小桥，四处张望。她用歌声召唤着心上的人：

白河水哟，长又长，
白河两岸好风光。
千里河水浪滔滔，
万亩良田稻花香。
白河民工齐奋战，
要让山河换新装
……

"轰——轰——"远处传来的开山炮声，为她的歌声配上了独特的乐曲。

外号叫"铁班长"的男子汉，听到了那柔美亲切的歌声，不由得加快了脚步。"是谁呀，在这儿唱？"他明知故问。"我不认识你哟，你走开！"她笑着将他拉到身边。他俩挨着坐在了水渠边上，亲热地握着对方的手，诉说着思念之情……

他俩是在两年前修建补水渠的时候认识的。那是1978年初春的夜晚，北风呼啸、春寒料峭，天气很冷。大家挥镐刨土，打夯开渠。女钻工有幸参加了铁班长他们的夜班会战。现场的奋战令人振奋而激动。

你听吧！夯声、锤声、铁锨声，飘向夜空；人声、车声、马达声，此起彼伏。寒冷退缩了，北风不再吼叫了。建设工地上，夯歌阵阵，震荡山谷——

官厅与白河，千年祸害多。生产受威胁，生活苦难多……哎嗨哟呀！
如今修水库，高坝拦长河。荒山变果园，旱地变良田……哎嗨哟呀！
咱们众民工，国家主人翁。敢想又敢干，人人争英雄……哎嗨哟呀！

随着号子的节拍，汉子们弯腰、屈腿，又将夯抬至一定高度，重重砸下去，以此协调动作，缓解疲劳。打夯歌，声调高亢，节奏性强，一唱众和，边打边唱。热烈有力的夯歌，吸引了附近村民驻足观看。

女钻工她们一伙姑娘，在一起挥锨撮土。然而，最引她注目的是旁边干活的一个身强力壮的小伙子。他头戴大耳朵绒帽，脚穿一双长筒雨靴。他搬起100斤一袋的水泥，竟如手提棉团一般，稳稳当当地几步小跑后，将其放到搅拌机的铁板上。只听"嗞"一声，拆开封口，倒提纸袋，"呼"一声，干净利落地将水泥倒了出来。姑娘们舞动铁锨，推沙掺水，拌好的水泥迅速地装在双轮小推车上，一溜烟地推走了。

小伙子来往穿梭，一刻不停地搬起一袋又一袋的水泥。有人故意地大声喊着："来灰！来灰！"小伙子一声不吭，动作越来越快，更有人为他喝彩。女钻工好奇地问旁边的人："他叫什么名字？"熟悉的人回答："他是我们的'铁班长'！"

工地休息时，她唱的"白河水哟，长又长"，让他俩第一次相识。俗话说，情人眼里出西施，见到云就联想到她华艳的衣裳，见到花就联想到她艳丽的容貌；春风吹拂栏杆，露珠润泽花色更浓。如此天姿国色，不是群玉山头所见的飘飘仙子，就是瑶台殿前月光照耀下的神女。在铁班长的眼里，女钻工就是从瑶台上来的仙女！

在一个千人表彰大会上，他俩双双站在台上领奖。后来，她多次路过铁班长的工棚。铁班长每次都热情地请她进来喝水。她发现铁班长识文断字、能文能武，经常读书写日记。日记中的一段话，令她感动：

你只是名普通的电焊工，可拼劲让你不再普通。在平凡中非凡，在尽头处超越，亦是你我的人生。

"读书成文"，她对他有了好感。更让她吃惊的是，铁班长在日记里写了一首《女钻工》——

手握风枪抒豪情，脚踏峭壁显身手。风枪吼出岩石碎，朝阳欲出山穿透。

石粉飞卷喷烟雾，钻机铿锵有节奏。钢铁意志火红心，磨出一双茧花手。

三年前的娇姑娘，现如今的铁钻头。从来没叫一句苦，更没嫌过满手油。

工作服上渗汗花，大干工地度春秋。英姿飒爽女钻工，倾注激情放歌喉。

铁班长好几次悄悄上山，看女钻工手握风枪的神姿。女钻工相好铁班长，终于有了今夜的约会……

她动情地说："你看，白河的夜晚多美啊。看着这一切，你就不由得要放声歌唱！你说，白河完工了，咱们的生活大变样了，该干什么啦？"

铁班长用火辣辣的眼光，咬着她的耳朵，调皮地说："日夜渴望，我的新娘入洞房。"

"憨小子，真叫浑！"她笑着伸手打了他一拳。她拉着他的手，站起来说："时候不早了，咱们该回各自的工棚了。"他俩手牵着手，慢慢地往回走，轻轻哼着"白河水哟，长又长"……

所言：

匆匆的我走了／就像我匆匆的来
不要说什么再见／只道一声珍重平安！

我们曾经相爱／也曾旦旦誓言
然而爱情不都是永恒／缘尽人亦散

尽管是短了一些／可人生经历一场
摧心折骨的爱恋／纵是短暂，也该欣然！

但我们毕竟爱过／而且爱得那么深远
也许正是过于深远／才留下这刻骨铭心的遗憾！

匆匆的我走了／就像我匆匆的来
在我生命之页上／只留下你题的"相思"永在！

——摘自《故园的冷月如水：乔雨诗画选》（十四）

第二节　白河放映队

电影《红旗渠》引起轰动

1971年1月，白河引水工程放映队连续在工地放映纪录片《红旗渠》。红旗渠从1960年开始动工，一修10年。《红旗渠》详细地记录了当时修建的过程。"滚滚漳河水，巍巍太行山。"电影的镜头把白河民工带到了河南省林县芦寨岭一带的群山之中……过去的林县是一个十年九旱、水贵如油的穷山沟，林县人劈山寻河，"引漳入林"，雄壮的歌声在山涧回响，阵阵锤声在峡谷震荡……

看了这些激动人心的镜头，白河民工心潮起伏、热血沸腾。看完电影后，大家回到驻地工棚，热烈讨论。二连三排排长肖长君召开了三排座谈会。刚到白河工地的阎起说："我到井眼一看，把我吓住了！深不见底，在井下干活简直是拿命闹着玩。因此，我尽量躲避下井的活。《红旗渠》中的民工腰系一根大绳，吊在万丈悬崖上撬石块，那种大无畏精神感动了我，我十分惭愧。今后我要向任羊成同志学习，到最艰苦最危险的地方干活。"王广忠接着说："过去我认为，在白河工地干活劳动保护差，井下干活危险。休假时，队里不记工分，住在工棚，晚上一刮风又很冷。不如到柏平公路或者是矿上做活去。人家林县民工干活是自带干粮、自带工具、自带衣服。手把双钎的妇女真是了不起！前两天我有想法，过了春节我就不来白河了，我现在保证，什么时候把白河水引到前山，我什么时候再回家！"

看了《红旗渠》，五连一排战士冯小三激动得半夜没合眼："人家一不靠天，二不靠地，靠的是一颗红心两只手。"四排战士孙永福接着说："人家林县一个妇女，心细似发，胆大如天，一个人双手把两盘钎（左手右手各把一根铁钎），4把锤子飞舞在钎顶上。反躬自问，我一个大老爷们儿，两个手把一根钎，还生怕锤子打在手上。我要树雄心、立壮志，早日引水入川。"

电影放映员——孟昭旭的自述

生命存在的最高形式是美感的需要。人们在看电影中，收获情感，收获希望，收获美好的生活。当年的白河工地放映队可谓是：风餐露宿傍山村，山高水长为亲人。

2019年2月23日，笔者采访了当年白河工地放映队其中的一位放映员孟昭旭先生。下面是他的自述——

1977年我到白河堡水库工地十四连（孔化营连队）劳动，担任过团支部书记，还在营部写过板报。营长吴九顺找我谈话，让我去放电影，我背着铺盖卷就去了。

当天上午摆弄着放映机，试光、试声、试放片。当天晚上坐三蹦子到黑峪口工地放电影。先是挂银幕，然后摆桌子、接电源。工作也有些诀窍，比如挂银幕时，上面要打活结，演完电影一拉绳子，银幕就下来了。接电源时，要先把电线拴在一个结实的地方，再把电线多拉一些，留有余地，以免观众把电线拉断，影响演出。

我热爱这份工作，先后放过《地道战》《地雷战》《南征北战》《小兵张嘎》《渡江侦察记》《小二黑结婚》等。放电影主要在晚上，常常是三更半夜才回来。工作虽然辛苦，但十分快乐。刚开始挂银幕，放映桌前就摆满了高高低低的凳子。大人没空，就叫小孩来占座位。后面还有一大帮人站着看，一看就是两三个小时，没有人退场，也没有人叫累。我从中体会到乐趣，陶醉于观众欣赏影片时，挂在脸上兴奋的表情。电影放完，观众的放松感又让我感觉自我价值的实现，真开心！

那时放电影是很吃香的事情。电影是以连队为单位轮流放，一般是一个连队住一个村，轮着上演。即便如此工地上仍然有一些人，一个月也看不上一场电影。许多人盼望着我们就像盼过年一样。有一次放《孙悟空三打白骨精》，被附近的连队给拦下来，要先去那里上演，两个连队还为此事闹起了矛盾。令我感动的是，有一次在马蹄湾放完电影，两张桌子摆的放映机上，堆满了核桃、红枣、杏仁、栗子等各种干果。

我们放映队两个人，只有一台机子。两个放映员白天都休息，晚上轮流上阵，全靠一个三蹦子在山道上颠簸，连一条沙石路都没有。当有群众看到我们艰难前行时，就有人来推三蹦子，帮助抬机器。

记得，当年的郭春云总指挥常和民工们一起看电影。有一次放映北京兴修水利的纪录片，其中有一个镜头：郭总指挥戴着草帽，站在白河工地一个山头上。这一个镜头，让郭总指挥美得不行。放完电影，晚上休息时，郭总指挥对我说："小孟，把机子搬上，过来再放一遍！"他多次观看这个纪录影片，每次看到自己的镜头，都指着说，你看，这就是我嘛！笑得就跟小孩一样，脸上洋溢着自豪和满足。郭总指挥相信：山再高，往上攀，总能登顶；路再长，走下去，定能到达。

让我难忘的是孔化营的房东大娘，那年放映队住在孔化营。有一次，我患重感冒，十分难受，大娘对我情同慈母，给我熬姜汤，下面条，让我睡热炕，使我病情明显好转。放映回来，平时大娘家里做了好吃的都要叫我去品尝，"犒劳"我。我无以回报，就将攒下来的白面馒头送给房东，她死活不要。白河的岁月苦中有乐，历练了我的信念和品格，让我懂得了宽容博爱，感恩良知。

　　我在白河工地的时间不算长，1978年我考上了师范学校，恋恋不舍地离开了白河工地。40年弹指一挥间，这一桩桩往事就像放电影一样，在我脑海里浮现……电影以特有的魅力，为白河人提供着精神文化动力。

第三节　农民学校

第一所农民学校在修配连诞生

茅屋为顶遮雨露，土泥做室听书声。

1974年9月28日晚上，白河工地的修配连和仓库的全体人员意气风发地走进了教室。

修配连党支部书记宋德连（兼任"五七"农民学校校长）致开幕词：

今天我们的学校成立了，在自力更生的基础上，从本连选拔出来了文化文体辅导员，建立了图书管理组、墙报板报组、通信报道组，初步具备了学习的条件。到会的第一批学员表示，在做好工作的前提下，要努力学习本领，为早日引水入川贡献力量。指挥部总指挥郭春云到会讲了话，要求大家安心学习，根据白河工程各连队的活动时间和劳动方式，不强求一律，但贵在坚持不断线。

白河工程指挥部学习了大兴县红星公社创造的"五七"农民学校的经验。到1974年10月底，各连队都建立了"五七"农民学校，丰富了大家的文化生活，回家歇工的少了，外出闲逛的少了，看书读报的多了，写诗唱歌的多了；读《战白河》小报，津津乐道；看《白河文艺》杂志，眉开眼笑。

图书板报人人看，技术军事有人教。
赛诗好比白河水，一浪更比一浪高。

1975年9月29日晚上，指挥部在修配连召开了"五七"农民学校成立1周年纪念会。推选了各组辅导员，进一步健全了理论辅导组、墙报图书组、文艺卫生组、军事体育组、通信报道组。一年来开展了各种活动，形式多样、内容丰富，受到了民工的欢迎。会后，炸药厂连业余宣传队演出了文艺节目。

青年职工文化补习班

1982年年初，白河引水工程再次复工。珍珠泉民兵连3月10日来到白河工地的第五天，就建立了文化夜校。连里把全连92名男女青年组织起来，坚持在每星期的一、三、五晚上开展文化学习。连里选拔了3名有高中文化的民工，担任文化教员。根据学员的不同文化层次，分成3个班级，因人施教。上半年开课30多堂，学完了《农民识字课本·上册》，下半年转入《农民识字课本·下册》的学习。经考试，全体学员的平均分数达84.5分。以前，有些民工给家里写信，只能让人代写。现在拿起笔来，自己就能给家人写信了！文化夜校的目标是：使每个民工成为有理想、有道德、有文化、守纪律的新时代的新人。修完白河堡水库后，回到生产队成为有用之材。

书籍是人类精神遗产的宝库，也可以说是人类文化前进轨迹上的里程碑。北宋著名诗人、书法家黄庭坚曾说："一日不读书，尘生其中；两日不读书，言语乏味；三日不读书，面目可憎。"在工程十分繁忙的情况下，指挥部党委负责人许丛林挤时间带头读书。

1982年12月4日，白河工程青年职工文化补习班正式开课，20名职工参加了补习。参加补习的青年，大多是"文化大革命"期间毕业的初中生、高中生。他们是白河工程的骨干，因此工程指挥部高度重视他们今后的人生之路，要求各单位尽量给予学习时间，尤其是利用冬季暂时停工的3个月，创造条件让他们集中精力补习文化。参加补习的同志珍惜来之不易的学习机会，他们热情高、学习好，认真听课、记笔记。

　　这个世界上充满了学而无用的人，只有勇于实践、勇于创新，才能使人生有价值。担任教课任务的周付永老师，天天备课到深夜。他的课讲得准确生动，引人入胜。周付永说，白河工地的文化补习类似过去的平民教育。学习的最终目的是做一个能够自立的平常的人，做一个遵纪守法、勤劳诚实、有爱心、有正义感的人。经过4个月的学习，学员们于1983年3月31日结业。通过期中和期末考试，其中17名达到了初中文化水平，领到了合格证书，其他3人将继续学习，参加补考。

第四节　巾帼须眉

如何看待妇女和孩子，如何对待普通劳动者和弱势群体，可以衡量一个国家的文明程度。当年的白河工地尊重妇女，平等对待每一个人，成为"白河风气"。当年的白河工地有激情与奋发，有尊严与个性。

白河的天是明亮的天，白河的妇女好喜欢。白河的民工在传唱：

巾帼英雄响当当，
誓叫大山把路让。
不等不靠不伸手，
一锄一镐挖山忙。
白河隧道连乡场，
今日愚公在身旁。

白河的妇女和男人一样独立自主地为人处世。她们和小伙子比着挑土推车，哪里任务艰巨哪里就有她们的身影。笔者手中的一些《战白河》小报的报道，可见当年妇女的个性风貌……

妇女会议

1975年3月11日。人心齐，泰山移。会战6号井的总计有10个连队的男女民兵，人虽多，但大家融洽相处，尤其是女民兵让人刮目相看。三连30名女民兵、五连15名女民兵，在6号井施工。十二连的9名女民兵，利用下班时间，担水、扫地、生炉火。1975年3月8日成立了工程测量组"三八"女子测量班。她们的代表王贞光在会上说："我们是延庆县第一批女测量工，大家披星戴月，早出归晚，干劲儿十足、信心倍增。"

1975年8月2日，白河工程第一次妇女代表大会召开了。63名妇女代表参加了会议。经过酝酿、协商，选举产生了白河工程第一届妇女委员会，由5名委员组成。会上发出了倡议书，号召工地全体妇女顶起劈山凿洞的"半边天"。

1979年12月9日上午，白河工程指挥部再次召开了妇女工作会议。各营、连妇女工作领导小组20人参加会议，就关心妇女"四期"，发挥妇女作用，提高妇女地位，加强法律知识学习、运用法律手段保护自己进行了讨论，并就白河工地妇女生活条件的改善及注意事项做了安排和布置。

五好个人

1980年1月10日下午，白河工程妇女联合会召开了五好妇女组织、五好妇女个人表彰会。首先由白河工程指挥部妇联主任李存琴做了1979年度的妇女工作报告。妇联委员张爱武宣布了五好妇女组织、五好妇女个人授奖决定。十五连妇女代表马金平在会上做了发言。她说："在去年3月争当三八红旗手的活动中，全连妇女完成筛沙子、运石料400车。在6月的溢洪道的施工中，全连妇女出土推车5600车，平均每个妇女超额17车。完成了10月的基坑扫尾任务。基坑深3米，我们挖土出碴时，人搬肩扛，运到地面上，然后再用双轮车拉走。王密英、李万华的手和脚碰伤了，鲜血往外冒,她俩轻伤不下火线,坚持到下班。"

一连:张金月、陈月琴、吴振华、吴纪红、聂春焕。

二连:刘文玲、王莉、曹金花、张来香。

五连:郭淑清、鲁风叶、朱玉芹、宋淑华、张铁娥。

六连:曹继英、王淑华、杜桂焕、鲁秀琴。

七连:马双荣、杜金娥、程双凤。

十连:李顺利、王密英、吴翠平。

十二连:陈秀英、李新英、牛春荣、韩腊梅、邱风萍、刘淑琴。

二十一连:赵海兰、梅金兰。

二十二连:尤玉芬。

二十七连:卢东兰、高庆风、郑□□、□慧清、张秀英。

运输连:陈振英。

仓库连:刘双芹、高石月。

渠道管理科:王海月。

家齐、国治、天下平

1982年4月29日,白河引水工程指挥部第二届妇女联合会正式成立。延庆县妇联高桂平兼任工程指挥部妇联会主任,工地上的妇女王秀荣、宋丽宽、程怀琴、张文霞4人为妇联会委员。妇联会成立后,开展了以三八红旗手和先进妇女小组为主要内容的劳动竞赛活动。家齐、国治、天下平!妇联会认为:首先,让家庭和睦;其次,与他人友善,这个社会才能安定祥和。

1982年4月21日,张山营民兵连成立学雷锋小组以来,利用业余时间为民工理发,拆洗被褥,清除卫生。理发组由张山营民兵连团支部书记王怀胜等7人组成。缝洗组由妇女领导小组张少梅等7名女青年组成。为大家拆被褥、洗衣服几百套(件)。张山营民兵连有24名妇女,最大的23

岁，最小的17岁，大部分妇女第一次离开家门过集体生活。刚到白河工地，吃住条件没法与家里相比，大家很不习惯。妇女领导小组和每名妇女谈心交心，大家互相谦让，相互照应，和睦相处，没有出现争吵斗殴等不文明的现象。学雷锋缝洗组由最初的7名妇女发展到全部24名妇女。她们不但为全连打扫卫生，还为其他连队拆洗被褥。她们在工地上不比男子差，超额完成施工指标。

1982年上半年，延庆县妇联高桂平抽调到白河工地做妇女工作以来，带动妇女学雷锋、做好事。她看到指挥部机关同志们早出晚归，没有时间做些个人的事情。她和王永香、付金花、刘亚辉、高丽君等几个女青年，利用业余时间拆被褥、洗衣物。有几个休假归队的男同志回工地以后，发现自己的床铺干干净净，被褥叠得整整齐齐，一打听才知道是几个女同志做的。当同志们表示感谢时，她们说："这是应该做的！"

"老十连"

由张山营公社民兵组成的十连，从1974年11月参加白河施工以来，曾先后转战溢洪道、大柏老沙石场等工地。在白河工地6年来，年年圆满完成任务，多次被评为"三落实"先进单位。把工地当作训练战场，每天上工之前，召开动员会，交代当前工作，列队出发到工地。收工时，总结经验教训，列队走回工棚。

吃苦在前，享受在后，不同别人计较生活的优劣。而同别人比较革命工作的多少和艰苦奋斗的精神。

十连将刘少奇《论共产党员的修养》小册子中的这段话，张贴在工棚的墙报上。

十连指导员、党支部副书记张进海和妻子同在一个连队施工。有人建议说："你在一线工地，你的爱人可以在二线搞后勤保障，做点轻松活。"张进海说："一个连队百十号人，比我爱人年龄小的有，体质弱的也有，别人能上工地挥锹刨土、运碴推车，她怎么能因为是干部家属就搞特殊呢？"自到工地6年来，他和妻子始终在施工现场干活。

十连连长卢秀杰和大家一样推车、砌石，样样活都干。副连长罗金富身兼炮工，打眼放炮，没有怨言。女排长吴翠平担任搅拌机手，把好质量关。男民兵胡运生、女民兵李顺利，哪里出现困难哪里就有他们的身影。十连上下一心，团结一致，年年出色完成施工任务。张进海所在的连队被评为先进连队，所在的党支部被评为先进党支部。

第五节　喜乐有分享　冷暖有相知

　　美的世界要靠勤劳的双手来创造，美的花朵要靠劳动的汗水来浇灌。人类对美的追求，是社会进步的象征。一本画册，一束鲜花，人有自己的风情，万物有自己的风致，追求美是对生活的热爱。

　　无情未必真豪杰，真正的英雄豪杰往往是富有感情的。悠悠白河水，款款歌声起。白河人不仅仅是硬汉子，不单单有豪情壮志，他们喜乐有分享，冷暖有相知。傍晚归来梨树下，绿树青山绕农家。爱，是人心中柔软的一角，是善念的源泉，是前进的动力。爱，并不是绊脚石，而是助推器。只因有爱，人们在辛苦漫长的道路上乐观地走下去，将艰难旅程化作幸福岁月。爱可以简简单单，但不能随随便便。"白河民工真叫棒，吃窝头、睡凉炕，白天下井眼，黑天找对象。""白河工人黑脖子，胳肢窝里挟着饭盒子，白天钻洞子，晚上拍婆子。"流行在工地上的民谣，反映了白河人对美的生活的追求和向往。

　　当年，白河民工常吃的是窝窝头、熬白菜。一个熬白菜3分钱，两个窝窝头5分钱，一顿饭8分钱。饭量大的男民工舍不得吃第三个窝头，家里困难的女工，往往两人合伙买一个菜。民工住宿条件简陋，开始住在村民家闲置的房屋里，蚊子、苍蝇、蟑螂司空见惯，后来住简易工棚，冬天冷、夏天闷，十几个人大通铺，磨牙的、打嗝的、说梦话的，此起彼伏……

那时的文化生活，除了一年能看几场戏，便是能看几场电影。潜移默化的文化滋养，铸就了一个人基本的审美格局。如果民工没有时间休闲，不能享受文化和艺术作品，而是成为纯粹的劳动机器，就必然任人宰割。白河引水工程指挥部成立了电影放映队，尽一切可能让民工愉悦开心，让他们有片刻的休闲和文化享受。

当年的白河人有着一种创造美好生活的强烈渴望。他们拼命工作，更热爱学习，各连队建立了文化夜校，用点滴时间汲取科学文化知识。他们采用多样化和可供选择的形式发展职业教育，帮助人们寻找到人生的意义，实现社会进步……

第九章 白河人物

第一节　白河汉子素描(一)

红太阳光辉照山崖，白河的山水美如画。咱站在渠畔放声唱，唱一唱白河的变化大。

一唱白河的变化大，十四里隧道涌浪花。分水闸里荡银波，补水渠溢彩哗啦啦……盼水的愿望实现了，除掉咱胸中苦疙瘩。流水欢歌送北京，工农业生产跨骏马。

二唱白河的变化大，南北干渠堪可夸。座座渡槽展新容，好似彩虹凌空架。延庆田地系玉带，百里长渠穿山崖。海陀山下变了样，天上银河落山洼。

三唱白河的变化大，佛爷湾上筑大坝。凿岭劈坡展红旗，溢洪道上开山花。山下打通导流洞，泄洪道里建水闸。去掉白河千年祸，锁住蛟龙听咱话。

四唱白河的变化大，岸边竖起进水塔。环湖公路盘山绕，喜听空中鸣喇叭。山前山后齐跃进，百里山川大变化。白河日夜谱新歌，众手浇开幸福花。

白河工地流传的《唱一唱白河的变化大》，是白河业余文艺宣传队自己作词、自己谱曲的一首民歌，反映出白河引水工程的建设成就，是具有使命感的白河人所致。任何建设成就从无到有，无不是"一分耕耘，一分收获；一分勤勉，一分丰盈"。他们的"工匠精神"，他们对使命感的理解与坚守，成就了白河工程。下面的几个人物，启迪大家：聪明出于勤奋，天才在于积累。他们总结失败教训，归纳成功经验，踏实地走好每一段路,蓝图终将在手中成为现实。

革新能手郭春甫[①]

1973年,郭春甫从北京市水电二局调到白河工地,担任修配连副连长。由于工地技术人员少,工程项目多,机械设备陈旧,这给郭春甫的机械修理带来不小的困难。

他常年奔波在100多里的白河工地的12个工作面上,不分昼夜地维修保养空压机、电动机等机械设备。有一次,大泥河工地半夜来电话,急需修理空压机,他二话没说骑上自行车,打着手电筒,在坎坷的山道上行驶60多里的山路,终于在天亮前使机器恢复了正常运转。

在维修机械设备中,尽量节约开支,如柴油机散热器,虽到了报废程度,他坚持坏了再修,修好了再用。现有的空压机经过多年的使用,原机件大部分已损坏,一时又难以买到。他就动手制作,仅曲轴连杆就做了40多副。他经过多次实验,自己动手用废弃的毛毡制造了空压机中的机油滤芯,代替了从日本进口的机油滤芯,不但为国家节约了一笔外汇,更重要的是保证了施工的正常运行。他还和其他同志一道,自制了两台工程急需的振捣棒和振捣棒上的制轴机。柴油机上的高压油泵机盘,也是由他动手制造的。

洒下的汗水是青春,埋下的种子叫理想。郭春甫将革命老前辈谢觉哉的话,抄在了自己的日记本上:

青年时期,最好是少讲舒适享受,而是多去找些苦吃。

郭春甫在工地8年来,不利用工作之便为个人谋取私利。前几年修配

[①] 素材源自《战白河》第190期,1980年7月4日。

连住在香营村。有工友到香营村他家里,见他家中生火用的水舀子、煤铲子、拔火筒子是在市场上购买的便宜货,且破旧不堪,建议他在修配连顺手做几个,他婉言谢绝了。

"老白河"贾怀发[①]

生活不是等待风景过去,而是要学会在风雨中翩翩起舞,贾怀发便是一个苦中作乐的人。指挥部工程处施工员贾怀发,1972年来到了白河工地,后来在工地上转为水利队员。他在工地干了10多年,人称他是"老白河"。

1982年年初白河工地重新上马时,他正在医院治疗肝炎,身体还没有恢复过来。梦里山川想白河,枕边风烛念水波。当他得知工程紧迫、人手欠缺时,便带着一包药品,重新到白河工程指挥部报到,要求工作。指挥部让他做老本行,即筹备水电材料,负责工地的水电安装。随着工程的全面铺开,工地上的机械设备不断增加,水电供应、安装工作日趋紧张。他在100多里地的各个分工地来回奔走,有时候一天只吃一顿饭,仍是忙得不可开交。他执着专注,潜心于钻研,成为水电安装的行家。工地十载,勇于担纲,不觉间成长为白河栋梁。他说,自己是"老白河"了,应该给"新白河"做个榜样。

工程师楼望俊[②]

主任工程师楼望俊是白河引水工程指挥部副总指挥,全面负责工地上的技术工作。他1958年毕业于清华大学水利系,经过20多年的工作,积累了丰富的实践经验。为了更好地解决施工中的难题,他平时除了在工地现场外,业余时间全部用于读书看报、翻资料、读外文,从没有见他聊天

[①] 素材源自《战白河》第206期,1982年5月17日。

[②] 素材源自《战白河》第221期,1983年4月24日。

打牌。楼望俊说，一代人之前，一个人在学校学的知识差不多可以管用一辈子，几十年不再买米也不缺饭吃，甚至还可以开一辈子粮店。现在肯定不行，靠陈谷子烂芝麻开店的日子已经过去，每个人都要经常添点新货。

当他外出开会、出差回来后，不是回宿舍，而是先到工地上看看。觉得没有什么问题了，他才回到住地，安下心来休息。人生最终的价值在于觉醒和思考的能力，而不只在于生存。每天反复做的事情造就了我们，然后你会发现，优秀不是一种行为，而是一种习惯。在施工中，楼望俊习惯于听取各种不同的意见，博采众长，合理布局，既加快推进，又保证质量。在筑坝过程中，他与设计负责人冉星彦研究设计改进方案。在机械施工中，他与北京市水利局机械工程处工程师宋仕廉、田有孝讨论机械运输线的最佳线路。他与质控人员，现场落实质量筑坝中的措施。由于科学施工，大坝建设进展顺利，安全与质量得到了保证。在追求完美中，实现了人生的价值。在平凡的岗位上，创造了大坝奇迹。

工程师冉星彦和设计院测量队[①]

白河全部工程由北京市水利勘测设计处设计，项目负责人是工程师冉星彦。驻工地设计组人员除冉星彦以外，还有李文顺等30余人。冉星彦1970年住进了白河堡村。他连续14年在白河工地搞设计。从28岁到42岁远离亲人。

14年来，设计人员先后轮换了十几人，但他却一直坚守在白河工地上。从1982年开始，他不但兼管本单位的行政工作，而且一个人挑起了整个工地的设计任务。冉星彦的座右铭是：

自立，是一个家族立足的根本；

[①] 素材源自《战白河》第221期，1983年4月24日；《延庆县水利志》第68—69页，1993年10月出版。

读书，是一个家族兴旺的源泉；

清俭，是一个家族不败的基因；

行善，是一个家族强大的灵魂。

冉星彦在工地的14年，跋山涉水，勘测线路，足迹踏遍了白河流域。遇到塌方，他冒着生命危险和工友们一起，现场商量解决方案。施工之初，井洞下常有难题，他坐上柳条编的大筐，拽着麻绳，下到100多米的竖井，现场办公。

1982年筑大坝时，他和北京市水利局负责质量标准的技术人员高正印、何庆春一起，培训了30多名质量控制技术员，对库区料场多次抽样检查，取得了所有黏土、沙砾料的可靠数据，保证了施工材料安全可靠上坝。施工中，每当发现隐患苗头，及时调整方案，保证了顺利进行，避免了施工中的许多不必要的经济损失。

14个冬天，他忍受着寒风刺骨、风沙眯眼。14年来，他住过当地老乡的土坑，睡过没有顶的工棚和帐篷。他和妻子两地分居多年，吃住在深山，舍弃了城市的舒适，离开了家庭的温馨。

14年来，他设计了300多张工程建设的图纸，仅他亲自出马按图纸建设的，就有100多张。他白天"泡"在施工现场，和大家商讨改进方案，晚上伏案工作到深夜。每一项设计，他都要多次计算，拿出两三种图形方案，最后反复比较，选择最佳方案，达到了多、快、好、省的目的。

施工之初，冉星彦和设计院测量队的队员们一起，为水库大坝、隧洞等设计测量付出了艰辛劳动，往返多次翻越7千米长的高山，进行隧洞洞线选址、定线及校测。

测量队队员李建生，在山路狭窄、地势险恶的"肉锅子"的山路实地测量。在陡峭的悬崖上攀爬，还要提防突如其来的洪水和泥石流。1972年11月18日李建生在洞线校测中失足，坠落悬崖，时年23岁。当测量队队员们在悬崖下的小河边找到他时，他把测量杆紧紧地抱在怀里，血染的河水在静静地流淌……

地质勘测工作自1969年至1983年，历时14年。具体工作由陈玉石、冯炳兴、赵文凯完成；他们野外作业后，拖着疲惫的身躯回到驻地，整理记录当天的收获，为以后的测量报告打下基础。他们常年驻工地，足迹遍布每个施工现场，为工程设计提供了重要依据。

"穷而后工"的刘广明

刘广明，男，生于1951年8月，延庆太平庄村人，大专文化。1970年10月参加白河引水工程建设。1975年转为国家干部。先后任白河工程指挥部工程科副科长、加强营营长、工程处处长。1984年1月任白河引水管理处主任（正处级）、党委副书记。1986年1月任延庆县水资源局副局长、党委副书记，兼任白河引水管理处主任、党总支部书记。退休之前为北京市延庆区水务局局长、局党委书记。

1974年6月28日上午，天气晴朗、阳光灿烂。在"抓大事、促大干"白河工程誓师大会上，加强营代表刘广明发言：会战在6号井下的加强营全体民兵，大干苦干、日夜奋战，在一年来的劈山凿川的劳动中不断取得新的胜利。截止到1974年9月，6号井南洞掘进完成296.9米，6号井北洞掘进完成223.8米，总计完成掘进任务520.7米。在这次大干红9月的掘进中，用了28天的时间突破了月进度80米，创造了白河工程施工以来隧洞掘进的最高纪录，超额完成了月进度75米的任务。

以上一段文字摘自1974年《战白河》小报。由3个公社4个连队组成的加强营千方百计挖掘潜力，争分夺秒加速施工。当年加强营如同军事行动中的尖刀班和敢死队，专啃硬骨头，哪里最艰难，哪里就有他们的身影。当年加强营营长刘广明和他的队友们一起，在烟雾弥漫的6号井掘进中，克服了隧洞长、气温低、泥浆多、石头硬的重重困难，创造了掘进的新纪录。

当年的白河工地，白天红旗飘飘、车水马龙。晚上，灯火通明，人声鼎沸。民工们不分白天昼夜，肩挑手提，来来往往。手推矿车笑颜开，千年顽石出洞来。他们为的是把白河水引入延庆盆地，解决延庆川区农业用水难的问题。

刘广明将自己的一生献给了这片土地，而最艰苦的岁月，便是白河的引水工程。几年来，不论是严寒酷暑，还是白天黑夜，他和队友们在井下工作，有时候一天在百米深的竖井下工作十几个小时。他回忆说，临到春节，放假10天，背着棉被等包裹，踏着积雪，回康庄公社太平庄村过年。来年，过了"破五"，又匆匆忙忙背着棉被等包裹，再次踏着积雪，顶着寒风来到白河工地。那时候，家中棉被少，一床棉被便是铺盖卷儿，走到哪里背到哪里。那时候，虽然生活苦，但心不苦，心里没有感到苦和累。他们干的是：万米隧洞穿山过；他们想的是：千尺碧波灌良田。

"穷而后工"，刘广明从一个白河工地上的农民工成长为延庆水利的栋梁之材。经过几十年来的延庆水利建设者的不懈努力，昔日贫穷落后的延庆已发生了历史性的变化，水务工作者发挥的作用可谓"工"不可没，"工"耀千秋。如今的延庆水务人，走在科学管水、护水、节水的征途中。

高级工程师吴思森

1951年出生的吴思森，是土生土长的延庆人，在延庆县水务局副局长的岗位上退休。他1970年至1990年8月在白河堡水库工作，1990年9月以后调任县水资源局工作。

1970年，吴思森参加白河堡水库工程建设，担任施工员。1974年，经工程指挥部推荐，吴思森到清华大学水工建筑系深造，毕业后又回到白河引水工程工地，继续从事水利工程建设工作，先后担任白河引水工程指挥部工程科副科长、施工处副处长等职。1985年，由他组织编写的《科学管理水电站》被延庆县科委评为县科技进步一等奖。1986年，在白河堡水库溢洪道和输水隧洞进口闸门冬季破冰中，打破了人工钎镐刨冰的传统方式，采用潜水泵破冰技术。同年在渠道防渗材料应用上，首次使用煤焦油拌锯末的方法，被延庆县科委评为县科技进步三等奖。1987年3月，任白河堡水库管理处副主任。他负责组织编写的《白河堡水库施工技术总结》，获延庆县科技成果一等奖。1987年，他参加建设的白河堡水库工程获国家优质工程银质奖。

1990年9月，调延庆县水资源局科技科。1991年，他负责康西扬水泵站工程建设技术工作。该灌区灌溉面积1.36万亩，全部为管道灌溉。通过几年的运行，灌区水利灌溉条件大大改善，节水效益显著。1996年3月《万亩节水灌溉工程——康西扬水灌区》被北京市政府授予北京市农业技术推广二等奖。1993年负责康庄绿化水利配套工程项目技术工作，修建了4座蓄水池，总蓄水量13万立方米，配套地下管道1万余米，使康庄南荒滩有了灌溉水源。

1995年他负责妫水湖橡胶坝工程建设，经过8年的工程运行，工程技术优良。2000年至2002年他负责白河堡水库灌区干渠节水改造工程项目，保质保量按时完成了工程任务，被北京市水利局评为优质工程。2001年至2002年他负责的农场橡胶坝工程建设，攻克了技术难关，如采用碎石桩解决坝基加固问题、冬季基础开挖的水力切割搬运淤泥和混凝土输送泵浇筑等新技术。

给自己一份乐观，给自己一份宁静气魄！吴思森健康地活着，乐此不疲地忙着。在局机关，他负责工程管理、农田水利基本建设、防汛抗旱、水利工程设计和重点水利工程的管理工作，他把所学的专业知识与工作实践相结合，不断推广新技术，使技术人员的业务水平有了明显提高。

第二节　白河汉子素描（二）

白河引水工程指挥部负责人

真诚，是杰出人物的根本，也是使百业兴旺的源泉。把简单的事情做好，就是不简单；把平凡的事情做好，就是不平凡。失败者，往往是热度只有5分钟的人；成功者，往往是坚持到最后的人。白河堡水库，从1970年9月6日正式开工到1983年竣工，是北京市修建时间最长的水库。14年来，白河引水工程指挥部的决策者们，扎根在这片开阔的土地上，俯首而躬行，拓荒且隶耕。他们具有向时代借力的智慧，具有血性担当的魄力与睿智。

"白河两岸舞红旗，满天风沙尽黄尘。"他们顶风冒雪，脚踏荒滩。没有伙房，露天打灶；没有工棚，自己建造。他们勒紧腰带，精打细算，处处、时时想着节约。他们百折不挠，承受了难以想象的艰难困苦。

他们千方百计挖掘潜力，争分夺秒加速施工。他们集体讨论施工方案，碰头会经常晚上八九点钟开始，一直开到第二天凌晨；关注异常变化，加强风险预警；施工中严格安全管理，闸墩高度在18米以上，启闭机房脚手架高达23米以上，在高空作业中未发生重大安全事故；推行计件工资，提高工效24%。

手推小车快如飞,迈开大步似流星。
汗水滚滚透衣衫,车车碴石出竖井。
长长车队如苍龙,你追我赶争先锋。
立下愚公移山志,定叫隧洞早贯通。

每个星期六,指挥部全体人员参加义务劳动,两个人顶一个民工的任务,从隧道里用双轮车往外推碎石渣土。

他们心地刚直,光明磊落地自立于人世间。他们用火热的激情、青春和汗水,把人生的灿烂镌刻在了白河这片土地上。他们是佛爷岭一群敢于担当的男子汉。他们无愧于妫水河畔的父老乡亲……

俗话说得好:"火车跑得快,全凭车头带。"当年的总指挥、副总指挥们领导有方,指挥得当,功不可没!历时14年的施工,分两期进行。第一期1970年至1981年年初开凿隧洞,建溢洪道及为上坝做各项准备。第二期1981年至1983年修筑大坝。

第一期工程施工组织,1970年2月18日成立白河引水工程指挥部。地址:延庆县城西街人民政府后院。1970年6月22日指挥部迁到白河堡公社白河堡村。原县委书记刘明任总指挥,郭春云、许丛林任副总指挥。1972年7月刘明调离,由郭春云任总指挥。随着工作面展开,副总指挥人员增加有赵俊峰(1971—1979)、赵运兴(1971—1972)、李国铃(1972—1983)、王子钊(1972—1979)、周中兴(1975—1984)等人。

指挥部下设办公室、施工科、后勤科、机电科、政工科、保卫科和设计代表组等科室,分工负责修建中的各项工作。根据需要,还设有前山指挥部、6号井加强营、溢洪道民兵团、修配连、民技连等。延庆县除大庄科公社外,其余的公社均先后参与了白河施工。以公社为单位组成民兵连队,连队设连长、指导员。连以下设排、班。他们为工程的完成做出了巨大的贡献。

第二期工程施工组织,1981年年底批准工程续建。延庆县县长宋士荣任指挥，颜昌远、许丛林、陈仁、刘富存、李国钤、周中兴、董文、楼望俊任副指挥。楼望俊兼任主任工程师，张玉霜担任副主任工程师。二期工程土坝施工主要工序全部机械作业。施工队伍以北京市水利机械工程处为主，北京市政机械公司、延庆县公路管理所也派出部分机械队参加施工。

白河志记①

陈仁　男，汉族，生于1938年12月，大学文化，江苏省江都市人。1959年北京水力发电学校毕业后分配到延庆县水利科工作，同年在修建香营拦河闸任施工员。1968年9月，任水利电力服务站革命领导小组副组长。1969年9月，任农业服务站革命领导小组副组长。1973年10月，任水利局副局长，1976年1月，任局长、党委书记。1980年6月评定为工程师。1981年1月兼任白河引水工程指挥部副指挥，1982年4月兼任白河堡水库干渠工程指挥部副指挥。1987年被延庆县授予劳动模范，1988年被首都绿化委员会授予首都绿化美化积极分子。1989年9月调任延庆县八达岭旅游总公司总经理兼水资源局党委书记。

白瑞元　男，生于1940年1月，河北省丰宁县人。1956年3月在河北省水利厅参加工作，同年6月到延庆县南老君堂水文站。1960年到延庆县水利科任科员。1970年至1978年，参加白河引水工程建设。1979年调水利局，1980年任管理科科长。1981年11月任水利局副局长，1982年4月兼任白河堡水库干渠工程指挥部副指挥，负责工程技术。1980年评定为工程师。1979年、1989年两次被延庆县授予先进工作者。1989年11月任水资源局局长、党委副书记。

李国钤　男，生于1943年，高中文化，北京市海淀区人。1962年参加中国人民解放军，1968年转业到延庆县粮食局工作。1970年6月参加白

---

① 摘自《延庆县水利志》第254—257页，1993年10月出版。

河引水工程建设,1971年任指挥部工程组副组长、组长。1972年任副指挥、党委副书记,主管工程施工。1979年12月任白河引水管理处副主任、党委副书记。1981年被评为延庆县先进工作者。1983年7月白河堡水库工程竣工后,任白河堡水库干渠工程指挥部副指挥。1985年调出。

周中兴　男,生于1932年1月,延庆永宁人,大专文化。1948年4月参加革命工作,1951年任县委宣传干事,1958年任《延庆报》副主编。1966年至1975年先后任香营、沙梁子、沈家营公社党委书记。1975年参加白河引水工程建设,任指挥部副指挥、党委副书记。1979年12月任白河引水管理处副主任。1984年1月任白河引水管理处党委副书记。1987年5月任水资源局巡视员。

吴义仓　男,生于1931年8月,延庆吴坊营村人。1948年4月在永宁派出所参加工作,任公安员。1965年至1968年任张山营派出所所长。1971年参加白河引水工程建设,历任指挥部政工科副科长、科长,工程科科长。1979年12月任白河引水管理处副主任,1987年任水资源局巡视员。

刘才厚　男,1966年延庆县旧县中学毕业,毕业后在家务农。1970年至1973年9月在白河引水工程指挥部任施工员。1973年9月至1976年7月在北京师范学院数学系学习。1976年7月至1988年在白河引水工程管理处,曾任工程科副科长、质检处副处长、电站站长、管理处副主任等职。1988年至2009年6月退休,在北京市水利机械处,曾任科长、主任、总工程师等职。2009年至2014年,任北京翔鸿水务建设有限公司顾问总工程师。

从白河走出的政界人物

大禹治水扬天下,白河人物百代传。有百折不挠的精神,有铁棒磨成针的韧劲,就不难达到理想的境界。在白河工地锻炼意志,增长见识,担当大任的后来者数不胜数。从白河工地回到北京市内的李国钤担任过北京市水利局的负责人，刘才厚曾任北京市水务局机械处处长。

延庆县井庄公社四连的张志宽在白河工地是青年突击队长，后来任延庆县的县长、县委书记。从白河工地一步一个脚印走过来的陈仁，任延庆县八达岭旅游总公司总经理兼水资源局党委书记；白瑞元任延庆县水资源局局长；刘广明任延庆县水利局局长。在民兵二十连带队的赵海元，曾任北京市延庆监察局局长等职，王学礼曾任延庆县工商银行行长（正处级）。

1950年10月出生的李玉森，1971年10月从旧县公社新龙湾村来到白河工地，没日没夜地在井下施工。先后担任七连二排排长、连队保管员、会计，并负责连队宣传报道，被评为先进工作者，模范保管员。1975年8月推荐到首都师范大学化学系学习，毕业后先后在延庆教委、延庆县委工作。担任过延庆区计工委等单位负责人，正处级调研员。

当年工地上的团委书记卢进泉、副书记哈云海组织团员青年学习，开展社会主义劳动竞赛。团组织形式多样的活动，为白河增添了青春活力。哈云海是1970年7月到白河工程三连，1972年10月到白河工程指挥部政工科，任团委副书记。1974年10月到延庆县里集中学习培训，学习结束后回到延庆县委政治组的宣传小组上班。

30余年以后的哈云海，在延庆农村工作委员会副书记的岗位上退休了。虽是老骥伏枥，然志在千里。为了发挥老干部创建全国文明城区的正能量，2016年2月23日延庆区成立了"啄木鸟"老干部志愿督查队，由哈云海担任队长。《延庆报》载文，延庆榜样哈云海："'啄木鸟'老干部志愿督查队队长哈云海，投身到创城中，为提升延庆城市文明水平贡献力量。"

曹树田——白河民工中"蹦出来"的董事长[①]

1983年，白河堡水库开闸蓄水放水了，从此曹树田告别了为之奋斗10

---

① 素材源自2018年1月17日搜狐网财经频道《"功臣"出任豆腐厂长，创造销售增长的奇迹！》。

年的白河工地，他回到曹官营村的这一年28岁了。经历了白河10年的艰苦创业，他已蜕变成一个行事沉稳、刚健勇毅的青年了。

当时，沈家营乡政府把他安排在乡镇企业永丰食品厂担任副厂长。永丰食品厂房顶的瓦片上长满了杂草，房间里墙皮脱落，破损的门窗上没有几块完整的玻璃。他和工友们费了好大的力气，工厂才变得有模有样。

永丰食品厂做的豆腐供应周边的几个村子，周围的村民对豆腐的需求有限，每天有一些豆腐卖不掉。豆腐的保质期短，到了夏天，早上热气腾腾的豆腐，下午就变酸了。工厂只好把这些豆腐再从副食品商店拉回来，拿去喂猪。亏损天天有，这可怎么办？

心急如焚的曹树田找到了当时担任延庆县副县长的郭春云。在修建白河堡水库的时候，郭春云是工程总指挥，当年曹树田就是他的部下。曹树田把自己一肚子的苦水倒了出来。老领导说："做豆腐很难运输，而且保质期太短，你们能不能考虑一下做腐乳？"

"做腐乳？"曹树田的心里就像打开了一扇门，豁然开朗了。白河精神成为他战胜困难的法宝。他筹措资金800万元，用了4个月的时间建成了现代化的生产车间，购置了先进的腐乳生产设备。在老领导和他的不懈努力下，与北京王致和集团达成了合作协议，企业转制的当年挂牌"王致和"腐乳生产基地。

2001年，曹树田担任北京庆和食品有限公司（"王致和"腐乳生产基地）董事长兼总经理、延庆县商会副会长、北京市光彩事业促进会理事等职务。在他的带领下，到2010年年底企业职工人数达600人，销售收入1.5亿元，年缴纳税金600万元，率先成为延庆民营企业的"三标一体"的企业。

刻薄不赚钱，忠厚不折本。曹树田先后投资2000多万元，新建了两个大型污水处理厂，解决了污水对地下水资源污染的威胁。这是延庆县第一个民营企业投资兴建的污水处理厂。为了增加当地农民收入，专门成立了庆和兴农合作社，曹树田任社长。合作社与15个乡镇签订了农产品（黄豆）收购合同，带动农户1.5万户，种植结构调整2万余亩。企业每年平均收购当地农民的黄豆300多万公斤，每公斤补贴0.2元，9年间共补贴给农民600多万元。

为抗震救灾及社会福利事业捐助累计500多万元，可曹树田没有几件像样的衣服，一双鞋子坏了也是修了又修，补了又补，只要能穿就舍不得丢弃。2005年4月，曹树田被北京市人民政府评为北京市劳动模范，获得京郊农村经济发展十大杰出典型的光荣称号。

第三节　南有红旗渠　北有白河堡

白河精神闪金光

过去交通不发达，没有高速，没有公交车，地处京西北的延庆，南面军都山像一道天然的屏障，阻碍了与北京市城区的交流。封闭与孤僻同在，落后与保守相伴。"天帮忙，饱肚肠，种地打粮养爹娘。"自耕自食、自给自足的延庆人，鸡犬之声相闻，老死不相往来。逢年过节串门走亲戚，就是一年中的重大交流活动。延庆山民们到了白河工地，成千上万人的集体活动，半军事化的日常生活，彻底改变了"小心眼儿"的小眼界，一个阔大的新天地在他们的人生之路上展开了。五湖四海皆是我，九江八河一家人。在施工建设中，他们团结协作，攻克了一个又一个难关，他们自信了，胸膛挺起来了，他们的眼睛里少了自卑和胆怯，多了坦荡和豪情。

过去有些延庆人说："当官的材料多，搞关系的人多，干活的人少，玩真活的人更少。"有些岗位不是凭本事吃饭，而是靠关系拿工资。长此以往，高素质的人才"留不住，进不来"。延庆旧有俚语："延庆镇的虎、康庄乡的狼，永宁人赛过大绵羊。"不论是虎是狼还是羊，他们到了白河工地，为了一个共同的宏伟目标走到一起来了。昔日的捣蛋鬼，变成了工地上的榜样；昔日的"泥腿子"，变成了白河的英雄汉！

人需要有意义感。在劳动中创造，从中感受到人生的意义与价值。在白河工地，他们靠血汗吃饭，凭本事干活。工地有"四大标兵"张宏宽、乔树安、陈跃林、刘明，井下有"铁姑娘"杨金娥，妇女有五好个人、三八红旗手等一批受尊敬的人物。集体荣誉称号有香营公社组成的先锋一连、康庄公社民兵组成的猛虎九连。他们神采飞扬，他们扬眉吐气，他们的人生价值得到了自我实现。他们被白河需要，被白河认可，他们成了现代社会的白河人。白河人活得要有意义，意义感是幸福的敲门砖。

《战白河》载文：

1983年4月27日、4月28日连续两天，指挥部对全部工地进行"五讲四美三热爱"检查。在讲文明、讲礼貌、讲秩序、讲卫生、讲道德中，开展得较好的单位有张山营连、旧县连、珍珠泉连、仓库连，他们共同的特点是，建立健全了各项规章制度，没有无故旷工，打架斗殴，驻地环境干净卫生。尤其是珍珠泉连，他们礼貌待人，努力推动心灵美、语言美、行为美、环境美的行为规范，在劳动中互相尊重、互相配合，圆满完成任务。

当年的白河民工在业余生活中，在文体学习中，渐渐懂得了衣着要得体，礼仪讲风度，言谈举止、友善和睦。有了做人的尊严，有了个人的成就感，他们生活小节自律了，卫生整洁了，不再随地扔烟头，不再随地吐痰了。成功是一人一家之得意，文明是众人幸福之欣喜。文明标志着人人有尊严，文明是骨子里的平等观念。文明是敬畏生命，并将其视为第一正义。文明是尊重他人的基本权利。文明是法治下的自由，是公平竞争，尊重自己，也尊重别人。

白河堡水库是延庆的"红旗渠"，在修建和发展中创造出很多成绩，取得了多个第一。白河堡水库设计总库容为9060万立方米，坝址高程560

米，是北京地区海拔最高的中型水库。白河堡水库是北京市第一个机械上坝的水库。白河堡水库输水隧洞全长7090米，1976年5月16日全线贯通，1978年3月输水成功，其长度为当时北京市水利建设工程之首。1987年获国家优质工程银质奖，是北京市唯一获国家银质奖的水库。军都山渡槽是我国第一座大型钢筋混凝土斜拉渡槽，也是我国目前最大跨度和流量的斜拉渡槽，在中国乃至全世界堪称奇景。

白河人用勤劳与智慧，以感天动地的气魄，创造了延庆历史上从未有过的辉煌业绩。举世瞩目的成就离不开艰苦卓绝的奋斗以及坚持不懈的努力。如今的延庆风光如画，休闲度假。有文明世界的八达岭长城，有"塞外小漓江"之称的龙庆峡，有千古风流的古崖居，有"四季花海"，有百里山水画廊，有北京延庆世界地质公园，有延庆奥运村和山地媒体中心……延庆改变了"山高石头多，出门就爬坡，十年九旱受干渴，吃糠咽菜慢慢过"的贫困状态。

每一种精神都有其生长的沃土和文化渊源，白河精神不仅是对中华传统文化的传承和丰富，更是中国共产党人初心的体现和焕发。"群众是真正的英雄"，白河引水工程成功的最大的根源是民众的支持，动员了延庆县全县的老百姓。

可以将白河精神概括为：为了人民，依靠人民；解放思想，实事求是；自力更生，艰苦创业；团结协作，无私奉献。为了人民，依靠人民是白河精神的根本；解放思想，实事求是是白河精神的灵魂；自力更生，艰苦创业是白河精神的具体体现；团结协作，无私奉献是白河精神的有力保障。

白河精神是延庆人白手起家的精神，如今更需要这样一种精神！白河精神能使初生的婴儿睁开双眼，白河精神能使垂暮的老人焕发青春。在文化与信仰危机四伏的年代，用白河精神越过平庸、越过自私、越过专横，回归人性、回归善良、回归自然。

含泪告别家乡

你知道现在的白河堡水库的中心位置是什么地方吗？就是原来的白河堡乡白河堡村，也就是当年白河引水工程第一拨人前来落脚的地方。白河引水工程指挥部曾在此驻扎、办公，也就是当年民工常说的"后山指挥部"。直到水库淹没时，白河引水工程指挥部才搬到前山。白河堡水库坝址在原白河堡村1.7千米峡口处。库区淹没区高于河床55～90米。

根据修建白河堡水库的规划和设计方案，位于水库周边的浸没区有10个村需要搬迁。白河堡水库移民与水库修建同时进行。1981年11月，白河引水工程指挥部移民委员会成立，开始组织库区移民。

引水工程涉及白河堡、马家店、石塘沟等十几个村庄，房屋搬迁是白河引水工程指挥部当时面临的第一道难题。当搬迁办干部走村入户说明来意的时候，村民们恋恋不舍，眼里含着泪花。俗话说："乡音难改，故土难离。"祖祖辈辈住在白河堡等村庄的人们无法割舍对这片土地的情感，然而他们深明大义，响应号召，决定搬离自己的老房子。

50年前，白河堡村是个远近闻名的大村，村民们的心情是复杂的：一方面，政府引水入川、富民惠民，他们高兴、支持；另一方面，他们即将离开故土，提前到来的乡愁不时浮上心头。为了修建白河堡水库，他们服从大局，舍家为国，移民听从安排。有关人士口头介绍，因为白河堡村是个大村，没有更多的地块一下子能容纳全村百姓，只能将一个村一分为三：一是沈家营前吕庄村南建新村，村名兴安堡；二是旧县镇阎庄村的三角地建新村，村名小白河堡；三是永宁镇东北地带建新村，村名永新堡。

你可能没有听说过"原拆原盖"这个词。当时政府财政困难，没有盖房的建筑材料。白河堡村在搬迁过程中，只好拆下老屋的梁柱门窗，再安装到新盖的房屋中去。村子拆得七零八落，人员安置得七零八落。故土难离，穷家难舍。白河堡村村民对这片土地充满了感情，如果不是为了修水库，没有人愿意离开这世代居住的"热窝儿"。他们平静的生活被打破了，渴望并梦想安居乐业。

原白河堡村村民李永旺回忆，从1981年11月到1983年4月，共有白河堡、马家店、石塘沟、水碾、东湾、四方墩、苇子坑等17个自然村的村民相继搬迁。沈家营镇的兴安堡村、新合营村、河东村和永宁镇的永新堡、旧县镇的白河堡新村成为他们新的家园。河北省赤城县河东村的102户村民，也搬迁至沈家营乡河东村，成为延庆大家庭的一员。

白河堡水库移民回顾

2013年12月出版的《延庆水利建设60年》一书中，是这样记载当年白河移民的——

根据水库规划设计要求，凡在482米高度的村庄都要搬迁。水库周边的10个村庄均处在水库淹没区内，涉及566户2273人。从1983年年底开始，到1984年年底，用了一年时间将西嵯村、鸽子嵯村、苇子坑村、四方墩村4个村整体搬迁到永宁乡建新村安置。从1984年3月开始，水库上游原属于河北省赤城县的河东村，搬迁到沈家营乡双营村东建新村安置，村名仍叫河东村。到1984年年底，搬迁安置完毕。其中在延庆川区新建村5个，安置560户2059人，自行迁移6户14人，共建房1954间，移民总投资823万7000余元。

1995年，延庆县做出了"走出山区，下山入川"的工作部署，对泥石流易发区以及生存条件恶劣的小村险户进行了集中搬迁，涉及13个山乡3万多山民。其中白河堡乡的大云盘沟村、小云盘沟村，绛蓬山村、后坑村1996年搬到条件好的川区安家落户。

在不到两年的时间里，白河引水工程指挥部共安置搬迁村民566户2273人，动员安排7家单位搬离原址，解决了水库建设必须面对和解决的第一道难题。

白河堡水库移民搬迁与水库修建同时进行，1981年11月，成立白河引水工程指挥部移民委员会，组织库区移民。因为延庆政府有官厅水库移民搬迁经验可以借鉴，加之移民们的付出和奉献精神，白河堡水库移民较为顺利。其经验有三：

一是划出范围，底数清楚。搬迁移民工作在水库开工建设后进行。1981年11月，搬迁工作启动。1982年率先搬迁的是机关、学校和企事业单位，一共7个。除延庆县域内10个村庄之外，还有河北省赤城县后城公社（乡）河东大队（村），因处于海拔600米以下浸没区，也在搬迁之列，并且由延庆县政府予以安置。浸没区这些村庄(含自然村)计有10个。同期提前在延庆川区新建5个移民村落，准备安置移民；新建村按照能合并的就合并，不能合并安置的整体新建，同时确定村名。白河堡水库移民分为三期，1982年春到1984年年底，搬迁安置全部完毕。

二是政策宽松，补偿到位。白河堡水库移民先后搬迁10个村566户2273人，建房屋2673间。其中在延庆川区新建村落5个，建民房1954间，安置560户2059人；自行迁移6户14人。移民工作完成后，按照不同村落的耕地情况，实行口粮补助。1982年、1983年，每人每年补助口粮款380元至500元不等。

三是同心勠力，共谋发展。1982年，白河堡公社机关迁址到白河堡水库南侧三道沟村边，随同迁址的还有中小学校、信用社、修配厂、粮库、供销社。为了保证迁址用地，共征用三道沟、下栅子耕地44亩，建房280间。

如今，白河堡水库"平湖碧碧，大坝巍巍，泻玉流银，膏腴万顷"，有"高峡出平湖"之静美。延庆儿女寄望解除川区、半山区"十年九旱"的困扰，立志改变家乡面貌。他们没有豪壮语言，但却做出了让人刮目相看的讲大局行动，不管他们是领导者、组织者、行动者、当事者……他们都做出了付出和奉献，历史的星光依然闪烁！

白河精神之延续

20世纪80年代,笔者在中共延庆县委宣传部工作期间,当时的县委书记杜德印让笔者总结归纳"延庆精神"。笔者曾在北京市委机关刊物《宣传手册》1987年11期发表了5000字的特写《延庆欢迎您——记"延庆精神"的形成和普及》,其中将延庆精神概括为16个字:"开拓进取,拼搏向上,艰苦奋斗,不甘落后。"这简单而直白的16个字,彰显了灵魂与血性,让灯红酒绿、纸醉金迷的生活显得渺小而庸俗!

2015年10月,国务院正式批复延庆"撤县设区"。北京市城市总体规划明确了延庆区"首都西北部重要生态保育及区域生态治理协作区、生态文明示范区、国际文化体育旅游休闲名区、京西北科技创新特色发展区"的功能定位。延庆,从20世纪80年代的"冷凉战略"到"三动战略",再到生态文明发展战略,离不开"生态涵养",离不开"水"!"燕山天池"这颗璀璨的明珠,愈来愈发出耀眼的光泽。

今天,我在采写白河故事中认识到——20世纪70年代白河人锻造出来的白河精神,是延庆精神的源头,延庆精神是白河精神的延续——在中华大地上,这种精神如同一股涓涓不息的溪流,汇入了中华民族的大江大河,共同成为中华民族精神,这就是:天行健,君子以自强不息;地势坤,君子以厚德载物……君子效仿天而自强不息,君子取法地而增厚美德,容载万物。人应当像天和地一样,学会坚强与包容,在稳重中走向成功!

延庆人民在建设白河工程中,锻造了气壮山河的白河精神。这已不是单纯的一项水利工程,它成为延庆人民顽强抗争、不屈不挠、开拓进取的一个象征。今天,我们的生活条件好了,但奋斗精神不能少,艰苦创业的好传统不能丢。奋发图强不只是响亮的口号,而且要做好每一件小事,在每一项任务中去实现。

纵观白河引水工程始末记,当年的白河人有六大优良品质:一是有强烈的使命感和责任心。二是养成了学习的能力与合作的习惯。三是在工程中不等不靠，有独立思考的能力。学习能力加上独立思考，是形成创新性社会的基本条件。四是自主选择。能够独立思考也一定是拥有自主选择的人，自然是创新能力很强的人。五是审美能力。审美是文化的连续性，是一种历史的积淀，对个人而言，审美是一种品质和修养。佛爷岭下梅作调，白河流域竹为歌。常年活跃在白河工地上的业余文艺宣传队以及白河电影放映队，是美育的表现。六是战胜困难的能力。不但把困境作为常态，更多的是不断地摆脱困境。海明威说"勇气就是优雅地面对压力"，能够优雅地面对人生坎坷，难得！

当年的白河人是一批有使命感的人，他们身上的学习能力、独立思考能力、自主选择能力、审美能力、战胜困难能力，方能使白河堡水库工程获国家优质工程银质奖，也是北京市唯一获国家银质奖的水库。

"南有红旗渠，北有白河堡。"兴修白河堡水库的事迹广为人知，此过程中孕育出的优良作风，形成了白河精神。如今是到了弘扬白河精神，再创妫川奇迹的时候了！

2018年6月26日，北京市延庆区委党校教研室和科研处全体人员，赴延庆白河堡水库调研、学习、开发白河精神。他们来到大坝、溢洪道、输水隧洞、竖井、泄洪洞、南北干渠等重要工程位置，直观感受了工程的浩大和当年修建的难度。

延庆区委党校人员体会到，英雄的白河儿女不仅造就了雄伟的白河堡水库，也铸就了"勇挑重担、迎难而上、自力更生、艰苦创业、团结协作、无私奉献"的白河精神。今天，我们不但要将白河精神开发成一门精彩的现场教学课，而且要对史料进行进一步挖掘。考虑到当年修建白河的民工如今都已步入古稀，甚至很多都已离世，应抓紧时间对这段历史进行抢救性梳理和记录，这既是延庆区委党校教师的责任，也是使命。双方约定，由白河堡水库管理处提供资料、联络当年参与修建水库的典型人物，延庆区委党校牵头对资料进行整理加工，对相关人物进行采访并录制影音资料，进一步深入挖掘和丰富白河精神。

白河引水工程的成功，见证了昨天治水人的精彩！它是延庆人民自己动手修建起来的最大水利工程。虽然当年火热的战斗场面早已离人们远去，但它却始终承载着延庆人民的记忆和骄傲，也是延庆人民汗水和智慧的结晶。它将作为延庆人民一笔宝贵的精神财富，被传承和发扬下去，影响着一代又一代延庆人。

尾声　世界上最勤奋的人渐去渐远……

当年的白河工地大多数是"40后""50后"，还有少数是"30后"和"60后"。他们经历了各种磨难，参与了各种运动。他们推动了时代的剧变，也被时代所改变。他们是最勤奋、最坚忍的人。

这几代人传承了中华民族的传统文化，又秉承了浓烈的红色元素，于是，他们吃苦耐劳，格外勤奋，不计较个人得失。改革开放也得益于有这样一批最勤奋、最坚忍的人。他们中的许多人后来下岗了，失业了，自己另找门路谋生了，但他们忍了，他们内在的坚毅品质为国家分了忧、担了愁。这个奇迹，现在没人注目，但我相信，历史将记下这一笔。

老去情怀依旧梦，重生期冀待新人。即使经历那么多磨难，他们仍然是中国最乐观、最坚强的人。现在他们退休了，有的身体还健康，精力尚充足。他们中间，有能歌善舞的人，没有人来组织，他们就自己搭成团队；没有人指导，他们就自己练习，自得其乐。

他们中的许多人，长身体时挨饿，想好好读书时就停课，毕业就下乡，工作就下岗，经历了命运的多重折腾和考验。他们经过了生活的磨难，却始终认为生活没有亏待自己，已是黄昏却还在试图呼吸清晨的空气。

当年的白河人如今年纪都在60岁以上，许多人已经作古了，但我们不能忘记，因为他们是这个世界上最勤奋、最辛苦的人。

我在微信朋友圈读到《世界上最勤奋的人已经老了》一文，摘要给读者分享，算是《白河之光》之余波吧——

世界上有群最勤奋的人，他们是中国的下乡知青、回乡青年、恢复高考后的前几届学子，他们是"40后""50后""60后"，短短几十年创造了世界多个奇迹，把一个落后的中国变成经济总量世界第二的大国。

几十年来，这群中国人"晴天抢干，雨天巧干，白天大干，晚上加班干"，拿着微薄的工资或仅仅能维持生计的口粮，他们勒紧裤腰带建立起了工厂、水库、农田，也为各自的家庭撑起了一片蓝天。当欧洲人每天工作5个小时，他们每天工作15个小时；当印度人躺在恒河边等下辈子时，他们心中只有"只争朝夕"。迅速连通全中国的高速公路，不断扩大的飞机场和火车站，拔地而起的现代化大中小城市，全世界最多的现代化工厂，多项领先世界先进水平的科研成果……不可思议！

于是世界注意到了这群伟大的人。历史会记住他们，人类会记住他们，以这个人口最多历史悠久的国家的名义，以这个饱受苦难却毅然崛起的民族的名义，向这群人深深致敬！遗憾的是，这"40后""50后""60后"早已累弯了腰。他们现在老了，他们是60岁以上的老人了……。他们努力过了，他们奋斗过了，他们值了！他们是共和国的长子、长女，他们对得起自己，对得起中国！

世界上曾经最勤奋的人老了，请所有人都记住他们，让他们享受一下自己的劳动果实吧，晚辈们应该尊重他们，才能对得起奋斗了一辈子的这批人！

请问，中国还有这么勤奋的人吗？……

石中元2019年6月29日修改、2021年5月9日三稿。

补记：江山文学网发表《白河之光》

2020年5月25日，江山文学网发表《白河之光》。截止到2021年6月

16日，已有15553人次阅览了此文。下面摘录几条读者的读后感——

夜闻雨声（徐生龙）：

佳作《白河之光》，兼具文学和思想价值，正如作者开篇序言所说，时下更需要白河精神！拜读、欣赏！

文友"寒妹妹很一般"：

作品开篇是乔雨先生为《白河之光》作的序言，乔雨先生从不同的角度对这部作品给予了充分的肯定。序言领读者走进这部作品，之后是交代了作品的目录，使读者从总体上做到了心中有数。后记向读者展示了作品成书的经过，对作品进行了升华，与此同时深深地感受到了作者深厚的文字功底，严谨的写作作风，确实是一部难得的大作。

寄忧先生：

"战白河，修水库，敢教日月换新天"，是在激情燃烧的岁月，延庆儿女立志改变家乡面貌，战天斗地的精神凝结！其核心理念即"自力更生，艰苦奋斗"，纯真地寄托着那一代人的理想。许多热血青年出大力、流大汗，甚至流血牺牲，没有谁去计较个人得失，因而建成白河堡水库，辅以配套南北引水干渠，合誉延庆"红旗渠"！如此这般境界，后人怎能忘怀？撰写《白河吟》：白河碧水出高峡，五彩一池济四家。穿山越岭行大义，清冽甘泉润京华。……值此即时联想：饮水思源，应记山水养育之恩！

丁志才先生：

阅读石中元老师的《白河之光》，心灵震撼，颇为感动！不亚于红旗渠的白河工程，竟是上万民工，工分加补贴修成的，这种情怀，这种精神，令人敬佩！作《白河精神礼赞》以抒怀：

　　劈山凿洞惧何难，
　　大坝巍巍锁巨澜。
　　热血民工天地惊，
　　白河精神万代传。

　　短韵长歌奏羽商，《白河之光》为描写白河水库的拓荒之作，延庆区阳光与海音乐书店曾以诗词与音乐形式，组织读者分享阅读《白河之光》的感受。另外，中国艺术品理财网黄中先生于2022年4月助推《白河之光》，在搜狐、腾讯、网易、百家号、艺术头条、一点信息等40余家网站进行宣传，将"白河精神"发扬光大。

第十章 拾遗补阙

第一节　扬清激浊　补阙拾遗

　　《白河之光》写出了20世纪延庆淳朴的民风。例如，郭春云总指挥，他严于律己、宽以待人，对白河工地指挥部的人员严格要求，对民工和蔼可亲、平易近人。当时民工住的工棚失火过一次，他严令禁止民工冲进燃烧的工棚中，担心大家会被烧伤，与此同时，健全防火防灾制度，责任到班组、到个人。他个人承担责任，不越级上报。若上级职能部门问责，白河工地就要停工、停产。据了解，白河工地地震1次、火灾2次、洪涝灾害2次，以及塌方数次，每次都能化险为夷、息事宁人。当年的"老革命"，敢作敢为、敢于担当。

　　每个星期天，白河工地指挥部人员都会到井下进行义务劳动。郭春云等人从124米深的6号井，乘坐罐笼到井下隧洞，用双轮小推车将隧洞的石碴推出来。从隧洞1000多米的深处推着双轮车，十分吃力，但指挥部的人员却坚持了下来。民工一般推8个来回，指挥部的两个干部按一个民工的指标推进推出4个来回，不完成任务，当天不下班。

　　当时修建白河水库时，有规定，禁止青年男女在工地搞对象。但郭春云既坚持原则，又实事求是。白河工地未婚青年男女有几千人，收工之后，夜幕降临，山脚下、树林里，便是约会的场所。指挥部有些领导人看不惯，要郭春云管一管。郭春云明事理地说："青年人相好影响劳动了吗？没有！出事儿了吗？没有！那你管他们干什么？不该管的事儿，咱们不要瞎掺和。"工地指挥部有个干部，与已婚的女民工乱搞。郭春云把那个干部叫来，毫不客气地批了一顿。

白河引水工程虽然是延庆人主导，但虚心纳谏，引进人才。北京市水利机械施工处全力以赴地投入工程，主要包括坝料挖装、坝料运输、卸料、洒水、摊铺平整、振动压实和质量检测验收等工作，是削坡的主力。主任王恩坤一直盯在工地；田有孝、宋士廉、金水招、姚克宗、王庭孝、段继禹、王寿山、高勇等吃、住在工地；多数负责生产技术工作的领导长期每天工作超过12小时。

白河引水工程的成功，总工程师楼望俊总结了8条施工经验，可供日后建造大坝借鉴：一是以准"水压试验"方式，检测地下连续墙的密封性能；二是彻底查明并清除坝基的粉细砂等软弱土层，以确保坝基的稳定可靠，防止地震液化病害；三是重视两岸黏土贴坡与山岩的连接，防止坝头绕渗；四是大坝填筑力争大面积同步平起；五是确保接缝质量，避免坝体与两端坝头、黏土与节水墙、斜墙与砂坝、度汛坝段与汛前填筑段等接缝。这些接缝可能成为沉降、变形、滑动、渗漏、出事的薄弱点。采取技术措施、严密监控手段、得力的组织管理，以确保每一处接缝的工程质量；六是合理地使用当地土石料，确保坝体质量降低工程造价。尽量从近处取料，是保障工程质量、降低成本、加快进度的关键；七是导流、排水、度汛方案，必须留有足够余地；八是重视场内施工道路，规划设计并修筑好上坝运料的道路，确保施工中车辆畅通无阻，使机械化施工顺利运行。

第二节　活得有尊严　干得有奔头

天将晓，运输连队起得早，满天星斗微微笑，马达轰鸣来报晓，飞奔盘山道。

午将近，汽笛鸣道穿山行，装卸民工汗淋漓，青春献人民。

——《把好方向盘》运输连许长发、彭永昌

石虎、水虎、泥老虎，猛不过"九连虎"！

阳春三月，满坡的桃花、杏花竞相开放。从白河工地指挥部到洞口三闸，从佛爷岭（当地称为佛爷顶、卧龙山）到延庆县城，到处是白河隧道全部竣工的喜庆景象。经过8年的拼搏，终于在高耸蓝天的佛爷岭下凿通了14华里的隧洞，把白河水从深山里引进缺水的延庆盆地。白河民工有"风梳头、雨洗脸，大吼一声，顽石软，凿出隧洞七千米，白河民工意志坚"的气概。

这里说说猛虎九连的故事。

"东边山尖红了天，西边坡上正崩山。灰烟一散出猛虎，九连个个英雄汉。"劈山凿洞猛虎九连，一直坚守在隧道里。152次的塌方，是他们战胜的。全长7000余米的隧洞，其中1100米是他们凿通的。不算塌陷的出土，仅隧洞出碴就有20000多方。

1973年，春节临近，隧洞突然出了大塌方。碎石、泥沙裹挟着大石块，将整个隧洞堵了个严严实实。大家像蚂蚁搬家似的，一车跟着一车往外出碴。塌方口子7米多宽、16米长，抬头往上看，黑咕隆咚的，也不知有多高，一个劲儿往下掉石头。整整往外出碴4个月，却还没有尽头，怎么办？改线重打洞，那要浪费多少人力、物力，谁又敢保证不会再遇上同样的塌方？猛虎九连召开会议，请来技术人员，群策群力，，终于"治"住了塌方：在塌落的石碴上浇灌混凝土防护盖，打洋灰盖子。打洋灰盖子要有个拼命劲儿。那会儿，危险活儿大家都抢着上。九连的贺连长、李指导员首先冲上去，民工二虎和刘顺冒着如雨般落下的碎石，抢险支撑防护盖。就这么没日没夜三班倒地干，保障了隧道的掘进。

"石老虎、水老虎，塌方也是纸老虎。别看嘎巴石头响，别看掉下像擂鼓。没伤筋没伤肉，练出虎胆铁筋骨！"九连安全制度把得严，在隧道里凿洞8年，没出一个大的伤亡事故。他们信得过白河工程指挥部，他们不怕"唯生产力的"帽子，不怕"单纯技术观点"的棍子。在白河工地，找不到"刺儿头"。

白河工地开展"百天战役献厚礼"，九连接受了扩洞整规格任务。有一次，担任突击班班长的任栓柱和4个民工，正在脚手板上作业。突然，一块儿巨石落下，把四块儿大的脚手板一齐砸断。4个民工从脚手板上摔下来，其中1个民工的耳边子流出了血，大家劝他回去休息，他擦拭了几下脸庞，和大家一起登高支撑架子。石虎、水虎、泥老虎，猛不过"九连虎"；虎心、虎胆、虎骨头，困难面前没含糊！

九连出人物。一次风钻工在洞下专心打眼，指导员曹巨臣抬眼一看，一块儿石头开裂，眼看就要掉下来了。曹巨臣大吼一声："快撤！"而后，一个箭步冲了上去，使出全身力气，用肩膀顶住巨石。当几个民工抱着风钻往下撤时，他豆大的汗珠从额头上滚了下来，满脸通红，脖子青筋憋得老粗。直到他见大家撤离到安全地带，才猛一闪身……

九连出先进。民工李宝泉同曹巨臣一样，顶住巨石救护大家；电瓶车女司机张青春，在开车的同时，又主动装料；民工刘文怀特别节俭，一顶安全帽，修修补补地戴了8年。

白河工地的文化生活

1970年9月6日，白河引水工程正式开工以后，便有了文化活动。除了组建白河引水工程业余文艺宣传队外，电影放映队几乎每天晚上到各连队放映电影。从白河堡到香营、永宁、刘斌堡、大榆树等公社都有连队驻地，马玉昌应邀带着放映队到部队慰问放映电影。

白河民工的业余体育活动多种多样。许多连队有篮球场。白河篮球队参加延庆县篮球联赛，曾取得过亚军的名次；扑克、象棋等活动，许多民工都积极参加。另外，每年都举行一次白河工地象棋赛。1982年，马玉昌和王世平、贾树奎代表白河工地参加延庆县象棋锦标赛，白河工地为团体亚军。同期，白河工地还举办故事演讲等活动。

白河工地开工后，为鼓舞士气，指挥部创办了《战白河》。从1970年到1983年，先后印发了100多期《战白河》。热火朝天的工地生活，被一一反映在《战白河》上。

第三节　碧波银浪　白河诗篇（1978年）

千里隧洞银波翻，好似天河降人间，淘起一捧白花花的水，喜得泪花花涌眼帘。潺潺流淌的白河水，滋润百里妫川，展望山水画卷。

《穿透卧龙山》：历年啊，卧龙山，卧延川，祖祖辈辈受熬煎。山后有水白流走，山前遇旱禾苗干。多少朝啊多少代，阻挡白河奔山前。如今啊，一面大旗插山巅，民工大战卧龙山。艰苦奋斗整八载，才把卧龙肚凿穿。调过山后白河水，浇绿万顷延川田。

《欢腾的时刻》：千米隧洞口，百里水渠旁，笑脸追逐浪花跑，锣鼓伴着涛声响。通水的一天盼到了，情似白河水流长。劈山凿洞洒血汗，八载奋战志如钢！流进咱的心窝里，流进塞外鱼米乡。

《地下筑长城》：群智降"三虎"，铁手缚"长龙"。引来白河水，灌溉田万顷。喜看新延庆，一片江南景。

《敢教日月换新天》：英雄治水今胜昔，降龙伏虎不畏难。延庆儿女多壮志，敢教日月换新天。

《斗志冲云霄》：白河浪滔滔，延庆春来早，开山又劈岭，斗志冲云霄。

《隧洞战歌》：战塌方，斗水患。岩石上留下了烈士的血，隧洞里洒满了民工的汗。山水淋得骨头硬，热汗浇得石头软。春秋在炮声中交替，日月在锤打中换班。隧道竣工初告捷，修渠筑坝征途远。

《继续长征大步迈》：大旱何须望云彩，地下长龙滚滚来。八年治水凿山洞，千重困难脚下踩。东水西调效益高，工农建设速度快。通水只是加油站，继续长征大步迈。

《白河颂》：白河水，滔滔流，滔滔流水滔滔愁；自古延庆州，十年九不收。男人走坝外，女的在家喝菜粥……千百代，代代盼水穿山来。白河无情空流逝，盼水盼得头发白！山不动，川不改，农夫倚愁泪眼抬，靠天苗难栽。梦中借来"开山斧"，劈开佛爷顶上崖，爷爷的爷爷留神话——海眼山里埋……不靠神，不靠仙，燕山儿女十三年。十里滩头千声炮，钻山直下百丈岩。拦腰白河凿隧道，引来玉液珍珠泉。流进田里水变金，塞北比江南……

附一

延庆欢迎您
——记"延庆精神"的形成和普及[1]

《宣传手册》编者按：开放好

《延庆欢迎您》是一曲对内开放的赞歌。一个封闭了多少年的塞外小县，在开放政策下，经济和文化都发生了突变。

为什么开放政策这么重要？因为商品生产需要统一的市场，对内对外都是如此。社会主义商品经济就是要破除自然半自然经济，而自然半自然经济的特点之一就是封闭型。这在山区、半山区交通不便的地方表现尤为突出。存在决定意识，这种封闭型的经济必然造成封闭意识。小农意识的主要特点就是封闭。因此，在农村实现向商品经济转化过程中，帮助农民克服封闭意识，就是宣传教育工作的重要任务。延庆县的领导同志在努力造成开放大势的同时，紧紧抓住这一环，因而获得了工作的主动权。

要正确对待农民身上的历史包袱。一方面这种封闭意识在我国源远流长，它同现代化形成的反差相当突出。另一方面我国农民有接受党的领导的光荣历史，这就造成他们甩掉身上包袱的内在动力。只看前者不看后者，容易产生消极情绪，埋怨农民落后；只看后者不看前者，又容

---
[1] 石中元撰文，载北京市委机关刊物《宣传手册》，1987年11期。

易产生急躁情绪，简单从事。要两点论。要看到农民克服封闭意识，树立开放思想，是一个痛苦的过程，是伴随着劳动方式、分配方式、交往方式、生活方式发生变化的过程。归根结底，开放，促进经济的发展，就会减轻农民的痛苦，就会促进农民观念的转化，反转过来，也会促进开放、改革，促进经济的发展。

资本主义是用血与火的办法实现现代文明，不论是英国"圈地运动"，还是美国的南北战争，农民都成为现代文明的牺牲者。社会主义是以农村为主战场，以农民为主体，包括兄弟的少数民族，共同携手进入现代商品经济的大学校。一代农民企业家的出现和成长，就是这种文明的标志。

凉秋9月，八达岭下的延庆县却出现了横向联合的热潮。106家北京市的大中型企业的厂长、经理坐着各式各样的轿车，会聚在延庆最漂亮的宾馆里，同该县乡镇企业的决策人，共商振兴延庆经济大计。会议厅里挤满了人，连窗台上也没有空下。一边争优势、争资源，一边争"保姆"、争"靠山"，争得彻夜难眠。3天时间，签订下100多项协议书和意向书……是什么神奇的力量，使北京郊区这个最偏远、最穷困的小县出现了这么振奋人心的热浪？

县委书记的"三个认识"

新官上任都看三把火。杜德印来到延庆却出人意料地抛出了"三个认识"。

他是一位市领导的秘书，人们看重这层关系："杜书记，帮我们办几个企业吧。"他没有回音。因为在他脑子里早就转悠着：为什么帮办起来的企业，人一走就垮？抓办几个企业，不是他的思路，他要另辟"蹊径"……

他了解了延庆的历史：1958年以前，这儿归张家口管，干部来源多属察哈尔。这就是说，同不发达地区联系的历史长，渠道多；同发达地区联系得太少了。

他考察了延庆的地势：地处塞外，四周是蜿蜒叠翠的群山，中间是一块天然小盆地。南有驰名中外的八达岭长城，北有奇峰云丽的海陀山。北京唯一的国家级自然保护区——松山林场就在海陀山脚下。这就是说，这里有很多待开发的资源。

他调查了延庆的现状：穷困送走了，温饱解决了。但长期困扰延庆人的精神负担——落后，仍然沉甸甸地压在延庆人的心上。大包干后农村出现的新形势是，自然经济向商品经济的过渡。而延庆不但是典型的自然经济，还要加上"封闭"这个极大的特点。长期封闭形成了延庆人的封闭意识，使勤劳纯朴的延庆人面对商品经济的洪流不知该怎么办。他要从这儿行使他的县委书记的职权。

人说杜德印没有"派"，一次饭桌上，记者把他当成了食堂管理员。可他在1985年8月间的农村工作会议上，讲封闭意识的6种表现，把到会的人讲得两眼直瞪、心里发毛——坐不住了！是呀，落后再也不能当饭吃，在商品经济中，落后就要挨打。这个道理过去没有人讲过，现在一讲，谁还甘心戴这顶帽子呢？

干部心里热了，书记却又"冷"下来：寨门开了，得有人愿意来。我们的优势是什么？吸引力在哪儿？外界不了解延庆怎么办？于是，在县委书记的脑子里又形成了"三个认识"的新概念：延庆人要重新认识自己，要广泛认识外界，让外界人正确认识延庆。

在1986年年初的县农村工作会议上，杜德印满怀信心地说："看了延庆在地图上是黄色，人们就很自然地同'贫'字联系起来了，我们要用'三个认识'来改变这种观念。'三个认识'的合力，就是开发延庆资源的巨大力量。"

"冷凉战略"结硕果

延庆人怎样认识自己？远、冷、风、沙、穷不但是外界对延庆的旧认识，也是延庆人自己认可的。这个认识像大山一样压着延庆人，使延庆人在外界人面前总感到比人家矬三分；有人到了北京城，耻说是延庆人，回答人家是天津人。"重新认识"提出后，他们眼力活泛了，能从旧观念里转出新认识。令人耳目一新的"冷凉战略"就是延庆人重新认识自己这块土地的结果。

冬冷，冷有冷的优势。今年春节前后，延庆举办了北京首届冰灯节展览，千余件形态各异、晶莹剔透的冰雕艺术品在龙庆峡水库展出，吸引了24万游客。琼枝玉树，参差于陡崖绝壁之下；亭台楼榭，坐落在汉河星斗之间。仙姿仕女、开屏孔雀、玲珑宝塔……看上去令人赏心悦目；走进去，如入琼楼玉宇。

夏凉，凉有凉的文章。凉字偏旁有两点，这两点面向"京（北京）"。在有"小三峡"之称的龙庆峡水库兴办旅游，打破了"游人不过八达岭"的陈规。到今年10月，龙庆峡的奇峰丽水已吸引了70万游客。旅游业的发展，带动了商业、饮食业、建筑业的发展，为当地农民提供了更多的就业机会。3年来，延庆县旅游业的收入超过了1500万元。昔日满目风沙、偏僻荒凉之地，如今被誉为"盛夏避暑胜地，隆冬冰雪乐园"。

"冷凉战略"思想的成果何止此！47岁的女农民毛昌鸿抓住延庆节气比北京市区晚半个月这个优势，种西瓜，种秋菜。西瓜亩产一万斤，龙豆角长达2米多。她启发人们把"冷凉战略"进一步运用到土地上。于是，经过几年努力，全县的淡季商品菜基地发展到5000多亩，每年秋季为首都市场提供900多万公斤鲜菜，500万公斤晚熟西瓜。"冷凉战略"的思想还促进了"根植工厂"的发展。这儿昼夜温差大，光照足，是发展苹果生产得天独厚的地方。到今年10月，全县已发展苹果树4.5万亩，年产苹果600万公斤。

当城里人带着丰厚的投资到延庆联办果园的时候，当一辆辆汽车开到延庆拉菜、拉果的时候，当一群群游客来延庆观光的时候，延庆人还会矮人三分吗？不会了，他们在这块土地上真正站起来了。1986年年底，全县搞了评选能人活动，700多个勤劳致富的能人进了"振兴延庆报告团"，在全县巡回报告。这是延庆人重新认识自己的一次大检阅。

开放引来的冲击波

延庆人并没有把"重新认识"自己停留在这一步。他们在认识脚下这块土地优势的同时，把双脚迈开，走出家园，外出搞留学式的务工。短短几年，外出务工的农民就达1万7000多人，占劳力总数的46%。外出务工，不只换回资金，带回信息，更重要的是人学精了，会倒腾了。这个冲击波，延庆人是比较容易承受的。难以承受的是另一类冲击波——

这里有一个夫妻办厂的故事。1986年4月，一位中年人经市科协中心介绍，只身来到延庆，讲明自己和爱人有两项国家专利，想在延庆办厂。县委领导看了他的证件，听了他的陈述，当即表示欢迎，并把他介绍到县经委下属的一个厂。这个厂只当任务完成，给了他三面墙都趴了的破厂房和一间让他住的土坯房，还要他的人权和财权。他寒心了，当天就回了北京。县委又把他请回来，吩咐到另一个厂。这个厂当面答应，第二天却派人到他的原单位调查，他一听就火了，心想我是因人际关系离开原单位，你们还搞这一套！他又回了北京，县委连夜又把他请来，把他分到一个大队。大队开始答应，后又反悔不干。他一气之下乘火车回老家。路上他想，县委这么支持我，我跑了，岂不让县委受挫折。他回到家里说："我得到那儿去办厂。"于是带着资料又返回延庆。县委给他租了一层旅馆楼，直接支持他办厂，又把最好的一套房间钥匙给了他。他没有去住，而是住了旅馆的阴面房间，把阳面让给工人。有人风趣地叫他"阴面厂长"。夫妇俩只用了14天时间，就把一个磁疗器厂办了起来。生产康乐磁系列产品、特效牙疼水，把"延庆"二字带到了世界尤里卡产品博览会，近百万个产品远销国内外。

面对这个只有50人、年产值180万元的夫妻厂，延庆人在思索：要办企业，必须进一步克服封闭意识。他们提出"依托北京，面向全国，借助外力，发展自己"的方针，使延庆的大门进一步敞开。请看今年延庆县政府的一份记事表：

2月3日：北京市九三学社、农工民主党等5个组织首次来到延庆，为延庆联系20多个建设项目。

4月3日：北京市科技协作中心，组织在京22个科研单位的37名专家教授，来延庆进行技术咨询，同乡镇企业达成80多项协议。

5月21日：北京市技术交流站，组织23名工程师到延庆进行科技咨询和项目转让洽谈会。

6月：中央和首都40个科研单位与延庆签订调拨合同112份，成交总额达151万元。

延庆山门敞开了，四方人才招进来。到1987年10月，已引进和招聘各类人才200多人，其中高、中级科技人才86人，一个群才角逐、大显身手的竞争局面正在形成。全县新建和联办的乡镇企业650个，产值比去年同期增长36%，增长速度居京郊之首。

延庆人把"三个认识"实践产生的思想成果概括为"延庆精神"。这就是：开拓进取，拼搏向上，艰苦奋斗，不甘落后。他们把"延庆精神"的普及当作新文化建设去搞。不甘落后的口号在延庆已经妇孺皆知。

延庆人的认识已经凝结在大秦铁路的长桥横梁上，延庆人的心声已经响彻在5个红光耀眼的大字里，这就是"延庆欢迎您"！一个封闭的时代结束了，一个开放的"黄金时代"降临了！

附二

时下更需要白河精神

一口气拜读了石中元先生的《白河之光》，我的内心久久不能平静。

《白河之光》是展示一幅延庆人波澜壮阔、改天换地建设家乡的壮丽画卷，是一首讴歌艰苦创业、气吞山河之白河精神的宏伟诗篇，是一部记录妫川儿女在那个火红的社会主义建设年代中埋头苦干、默默奉献的群芳谱。

作者溯本求源，从大禹治水起笔，抓住了以公而忘私、民为邦兴、科学创新为内涵的大禹治水精神，在这条中华民族的精神文脉中梳理出了"勇担重担，迎难而上，自力更生，艰苦创业，团结协作，无私奉献"这一照耀几代妫川儿女的白河精神，最终在改革开放中淬火成为"开拓进取，拼搏向上，艰苦奋斗，不甘落后"的延庆精神。石先生宽阔的视角、高远的站位和深邃的思想跃然纸上，力透纸背。

优秀的报告文学写出人的灵魂，树立起有血有肉的人物形象。书中以一个个鲜活的小人物、一件件生动的小事情交响出"南有红旗渠，北有白河堡"的宏大篇章，令人钦佩石先生驾驭宏大场景和大跨度时间的功力。

《白河之光》之所以让我看得心潮澎湃、热血沸腾，是因为石先生

---

① 乔雨，字榆钧，中国国际文化交流中心理事、中国散文诗学会副会长。

"用狼的悲愤嗥叫，才能表达此时此刻的心情"来投入写作。在他的笔下，人物是那样鲜活，呼之欲出，让人们感到：石中元就在洪水过后那些衣衫褴褛、黑脖子、光膀子、紧握拳头、喉咙嘶哑着高唱《国际歌》的民工队伍中，在青年突击队打眼放炮的隧洞里，在放歌海陀山的文艺宣传队现场，也在那些顾全大局、舍家为国的水库淹没区搬迁的村民里……

白河人要感谢石中元先生，他如同海边拾贝般，把散落在白河工地的记忆珍珠碎片，精心地一一捡起，一颗一颗穿在一起，挂在共和国那个火红年代的丰碑上；妫川儿女要感谢石中元先生，他原本功成名就、荣归故里，该颐养天年了，但他却以历史的使命感和学者的责任担当，又拿起笔为家乡儿女著书立说，为的是把白河精神传承下去。不是吗？时下更需要白河精神！

石先生这部《白河之光》大作，功在当下，泽及后人，也必将与那些千万纯朴而伟大的白河英雄永载史册。

乔雨

2019年7月6日

跋

用白河精神写白河人

侯健的遗憾

采写白河，笔者不是第一人。早在1975年组织了一个"三结合"的写作班子，想把白河引水工程写成一部长篇小说。所谓"三结合"，是指由北京市、延庆县、白河工地3个方面结合。当时提倡三结合集体创作。北京市的代表是中国和平出版社总编辑侯健、人民出版社编辑许显清，延庆县的代表是著名乡土作家孟广臣，白河工地的代表是鲁东浩。鲁东浩写得一手好字，能编能写，是当时白河工地的才子。

侯健总编辑看到，白河引水工程在一无资金、二无设备、三无技术力量的情况下，靠着每一锤、每一锹，靠的是人民的智慧和一副肩膀两只手，把长达14里的大山凿通，这是何等的胆识，何等的英雄气概啊！1975年在他的倡导下，促成了"三结合"的写作班子。

孟广臣先生在《侯健的遗憾》[1]里写道：

郭春云总指挥为筹集资金，一次又一次往北京市跑，找有关部门，磕头作揖，请求援助，所谓工程技术人员，多是从农村来的工匠，他们土法上马，边干边学，克服了一个又一个困难，解决了一个又一个难题；民工

---

[1]《孟广臣杂文集》，人民日报出版社2006年版，第157页。

们吃窝头、睡工棚，不怕吃苦流汗，不畏酷暑严寒。无论是领导、工程技术人员，还是民工，在向大山开战中涌现出许许多多的英雄人物，确是值得大书特书的。

当时正是以阶级斗争为纲的时代，无论干什么都不能离开这个"纲"，离开这个"纲"，就要犯路线错误。因此讨论提纲时，自然要以阶级斗争和路线斗争为主线。我住在白河工地，边深入生活、了解素材，边写提纲。我写前部分，侯健写后部分。过一段时间集中讨论一次，看看扣没扣住这个主线。我们花了一年多的时间，刚把提纲写完，1976年毛主席去世了，紧接着"四人帮"被揪出来了。形势的变化使人一时转不过弯来，写作计划不得不停下来。此书没有写下去，侯健同志一直都感到是个遗憾。

侯健、许显清、孟广臣、鲁东浩等一批文化人，他们都是当时的文化精英，如果他们处在宽松自由的时代，他们的文笔将大放光彩！

悲哀的是，极左思潮的"紧箍咒"把他们紧紧地箍住了！

这是一个时代的悲剧。

实地考察，获得第一手资料

庆幸的是，我处在改革开放，言论相对宽松的社会。2019年2月，北京市延庆区作家协会主席周建强先生，建议我采写白河引水工程的事迹，我欣然接受！修白河是延庆这块土地上，千百年来最大的一项工程，牵动了当年延庆人民每家每户的神经。从1969年工程筹备上马到2019年，过去了整整50年！写作此书最大的困难是时间久远，文字资料欠缺，当事人最小的已60多岁，最大的近百岁，且有许多逝者。

在周建强、周建普先生的大力支持下，从2019年2月15日开始，用了一个多月的时间，采访了当年的一批人物，召开了数次座谈会。在座谈会上，我认识了白河引水工程业余文艺宣传队的王平女士。由王平召集大家聚会，我又结识了一批当年白河工地宣传队的参与者，如丁立兴、张振泉、卫宏秀、刘丽娟、王金霞、陈瑞梅、田风兰、李月琴等人。

感谢刘丽娟女士的牵线搭桥，在许志东先生的热情协助下，我终于采访到当年白河工地的负责人，年近九旬的许丛林老先生（简称许老），我这才找到了一点写作白河的感觉。

我先后用了两个上午与许老长谈，当许老得知我从未到过白河堡水库时，便主动提议，由他领着我实地参观考察。2019年3月12日上午，虽是初春，仍北风呼啸、寒气逼人。在许志波先生的引导下，我们陪同许老乘车前往白河堡。

我们先到后山，实地观察白河堡水库，察看14里输水隧洞进口，再到前山白河堡水库管理处（14里输水隧洞出口）。李迎军书记热情地接待了我们。感谢白河堡水库管理处，我借调了当年人工油印的《战白河》一套，虽资料不全，但这是当年的第一手文字资料，十分珍贵，我如获至宝！终于看到了40多年前的油墨文字，我写作此书有把握了！

用狼的悲愤"嚎叫"，才能表达出写作时的心情

我回到家后，小心地整理《战白河》小报，用放大镜一行又一行地辨认那些模糊不清的字迹。白河引水工程上马时，正处于"文化大革命"时期，粗览《战白河》，可谓是"满纸阶级言，一把斗争语"，需火眼金睛，方能撷取"真金白银"；犹如沙里淘金，经过多次过滤，才能去掉那些空洞口号、大话套话。

当我真正撰写时，我认识到白河精神是一个待发掘的金矿，是支撑延庆人继往开来的"宝藏"！书名初定为《妫川儿女——白河引水工程纪实》，经周建强先生的斟酌，书名定为《白河之光》，更为贴切。

写作此文，不是为怀旧而怀旧，不是就事论事，而是就事论理，提炼出白河精神。在写作中，为避免面面俱到，流水账似的呆板，以时为经、

以事为纬，落脚点是白河人，写出当年白河人的精神气质，以此串起全篇。在尊重史实的基础上，融入适当的文学描述，避免枯燥乏味的数字堆砌。全书涵盖白河引水工程的14年时间（1969年到1983年），可谓延庆县白河引水工程始末记。

白河引水工程时间过于久远。1983年白河引水工程竣工后，1984年6月我调入延庆县工作，1989年年底我又调离延庆县。在我脑海里，没有任何白河印象，我写作此文时难于进入角色。正在我辗转反侧、苦苦探索时，卫宏秀先生送"宝"来了！2019年3月下旬，我看到了白河引水工程指挥部主办的1979年1期《白河文艺》，这是卫宏秀回他的老屋，多次翻箱倒柜，从被老鼠啃过的箱子底里翻出来的。

感谢宏秀，他提供的这册油墨手工印制的《白河文艺》，让我联想到了当年的场景、气氛，一下子我就"入戏"了！2019年4月初至5月中旬，我除了到幼儿园接送小孙子，还有不得不处理的琐碎事以外，我下定决心，排除各种杂事干扰，不分白天黑夜，用了一个多月时间全力进入构思与写作中，到2019年5月18日算是完成了初稿。

当年的白河人，深深地感动了我。我要用白河精神写出当年真实的白河人！有时候噙着热泪，不能自已，只好停下手中的键盘，不再打字，冲洗一下脸庞，心情平稳后才能继续写作。我在写作第二章第二节"众志成城斗洪水"时，在写"这些穿着破衣烂衫，黑脖子，光膀子的草民；这些扛着铁锹、攥着镐头，一身灰土、蓬头垢面的民工！他们的吼叫，让河水呜咽，令群山动容！"时，我痛哭失声，号叫起来！是的，只有号叫才能表达我此时此刻的心情。

接受了一次白河精神的洗礼

在采写中，我接受了一次白河精神的洗礼，境界得到了升华。是的，有了白河精神，我心大如水，有什么沟坎迈不过？有什么事情想不开？我一生中写了不少人物，出版过不少作品，但《白河之光》是我采写人物最多、撰写内容最广的作品，亦是我的收官之作。

特别要提及的是，正当我为时间、地点、事件的详尽准确而疑虑时，卢文忠先生"雪中送炭"，我及时地阅读并参考1993年印制的《延庆县水利志》。1990年3月成立的延庆县水利编委会，由14人组成。由于上级重视、同人相助、专家指点，《延庆县水利志》经过4年撰写、四易其稿，终于定稿。在书稿撰写过程中，多有当年的白河引水工程的建设者参与其中。《延庆县水利志》记录的资料真实可靠，具有专业性、权威性。

本书在采写中先后参考了以下资料：

（1）当年一批《战白河》小报，延庆县白河引水工程指挥部主办。

（2）《白河文艺》1979年1期，1979年元旦出版，延庆县白河引水工程指挥部主办。

（3）《延庆水利建设60年》，北京市延庆水务局编，中国时代经济出版社2013年版。

（4）《延庆县水利志》，1993年10月印制。

（5）中共北京市延庆区委党校课题组[①]，2018年7月13日撰写的《弘扬白河精神，聚焦冬奥世园，再创妫川奇迹》一文。

在本书创作的4个月中，我深感：延庆这块土地有成人之美的女士们，有"得道者多助"的君子们。感谢延庆区作家协会主席周建强先生，他多次与我在电话里沟通，促成我接受了采写任务，并尽可能地提供人力、物力，确保写作的完成；感谢当年白河引水工程的建设者哈云海先生，为本书题字；感谢乔雨先生，同意我选用他的诗作。

2019年6月，周建强先生在百忙中拨冗阅读初稿。从书名的敲定到章节的调整，他倾注了大量心血！

---

① 延庆区委党校课题组成员：邵静、赵梦阳、邓国军、韩伟峰。

由于年代久远，受访当年的人物均为年过花甲者，难免出现记忆的偏差和纰漏，恳请有关人士批评指正。

石中元

2019年6月24日

于北京延庆淡泊湾书斋